滋賀県甲賀市の生家

父旻と私の家族　実家の氏神日吉神社の前で

「金門橋」を吊っているワイヤー
アメリカ研修中、サンフランシスコにて

「未来を拓く塔」の前で
ぎふ中部未来博会場内

岡本太郎画伯のアトリエの庭

私の日本画の師匠 坊城妙海さんと私の兄弟たち
展示会会場で

中国を代表する現代書家 高峡さんと

日本文学の世界的権威
ドナルド・キーン博士と

日本国憲法の起草者の一人
ベアテ・シロタ・ゴードン
さんと

スリランカの学生に奨学金を贈呈

スリランカのラージャパクサ大統領を訪ねる

スリランカに消防車を寄付

鹿深（かふか）の風

忍者の里 甲賀生まれの男の人生

鵜飼 武彦

はじめに

新型コロナウイルス感染症の世界的流行が始まって既に2年がたとうとしている。コロナ禍は私たちの生活や人生の展望に大きな転換を強いている。友人、知人たちともしばらく会わないうちに、2年前には元気だった知人が病で倒れたとの消息が伝わってきたりする。他人事とは思えず、人生の終着駅が近いと思うと寂しいものである。

そんな中、私の最も尊敬する人物の一人である岐阜大学名誉教授で社会医療法人厚生会木沢記念病院顧問の佐治重豊先生から自分史『賀歳の記念「傘寿を過ぎて」―わが軌跡と私の提言―』が届いた。コロナ禍で仕事が滞った時期を利用して一気に書き終えられたそうだ。大判の薄手の冊子だが、中身は分厚く濃い。改めて尊敬の念を深くするとともに、佐治先生とは生年月日が1カ月も違わないので大いに触発された。

私も実は数年前に自分史を残すことを思い立ち、ぼちぼちとパソコンに向かって思いついたことを書きつづってきた。私の人生は佐治先生のような立派なものではないが、髙島屋という老舗百貨店の社員として、また定年退職後は福祉施設の運営を通じて世の中のさまざまな面を見てきた。その経験を基に目に見える出来事の内部や裏側には実はどんなことがあるのかなど、私自身の考察も含めて書いてみたい。

また、今の私の前には遠い昔からの先祖があり、その続きで生かしてもらっているという思いが年を重ねるにつれ強くなっている。個人的な願いとして、だんだん忘れられていく先祖の功績についても触れ、若い世代の励みにしてもらいたいと思う。

目次

2施設一覧表
3海外旅行先
4ロータリークラブ会報に掲載された私の短歌
5家系図
6年譜

第１章

ふるさと甲賀

【私のルーツ】

私が生まれ育ったのは近江国、現在の滋賀県甲賀市水口町(みなくちちょう)三大寺、かつては貴生川(きぶかわ)と呼ばれた地区である。

貴生川は、古くから中部地方と京都・大阪を行き交う交通の要所にあり、近代には国鉄(現JR)草津線と近江鉄道が分岐する駅に貴生川の名がついた。私の生家の鵜飼家は、その辺りに広大な土地を持つ貴生川随一の地主だった。私の子どものころまでは学校、病院、郵便局など、必要なところには自分の家の土地だけを通って行くことができた。

甲賀市といえば忍者で知られるが、鵜飼家は甲賀流忍者の主要な家の一つとして歴史に名を残している。私のこれまでの生き方を振り返ると、事をなすにあたっては自分が表に出るよりは、情報力を生かして背後で手を回し、人を動かして成功に導くことを得意としてきた。これは自分の中に流れる忍者の血のなせる技ではないかと思う。

甲賀の鵜飼家の屋敷は少し変わっていて、正面には寺の山門を構え、住居は大きな寺の本堂を移築したものだった。座敷には一流の画家や書家の手になる額や襖（ふすま）絵がいくつも並び、２階には、もう使わなくなったたんす、長持ち、刀たんす、御駕籠（おかご）に至るまで当時でも珍しい道具類が並んでいた。構内には蔵が三つあり、その中には古い美術品や工芸品、また、先祖が生業としていた医者の珍しい道具が収められていた。

今にして思えば、こうした環境で育ったことが、後に私が老舗の百貨店で一流の衣料品やファッションを扱ってある程度の成果を上げ、一流の美術品と縁の深い半生を送るのに、全く影響がなかったわけではないだろう。

また、私の先祖は名を知られた医者で精神医学を得意としていた。私は医学とは全く違う道に進んだが、定年退職後、気が付いてみれば精神障がい者を支援する施設を運営するに至っている。それは全くの偶然ではないように思われる。

私には遠い昔からの先祖があり、その続きで生かしてもらっているとの思いが私の中で年々強くなっているように思う。自分史を著すに当たって、先祖さんたちの頑張られたことも残しておきたいので、その辺りから話を始めさせていただきたい。

【甲賀と鵜飼家】

甲賀(こうか)の地名の由来は、朝鮮半島の百済からやってきた豪族の鹿深(かふか)氏だと言われる。日本書紀にもその名が記されている鹿深一族が、6世紀末にこの地に住み着き、ここを治めることとなった。今も「甲賀」の意味で「鹿深」の名を使用する団体、施設、会社などは多い。

そもそも私たち日本人のルーツは、縄文人と大陸からの渡来人との混血という説が有力だが、甲賀には、6世紀から7世紀に機織りなどの技術を持って渡来し、住み着いた人々の子孫も多かった。その人たちは服部、秦などの姓を名乗ったが、鵜飼も同様に技術を持った渡来人の姓の一つだと言われる。

ただし、「鵜飼」は文字通り鵜を飼っていたわけではなさそうだ。中国語では、黒い鳥を一般に鵜と呼ぶ。「鵜」は黒装束に身を隠して諜報(ちょうほう)活動を行ういわば忍者のようなものを表し、それを「飼う」ということは、鵜を同時に何羽も操る鵜匠の技である。鵜飼一族は兵に指令を出して動かし、情報を集める忍者の親玉ということになる。

鵜飼家の先祖を遡(さかのぼ)っていくと、藤原鎌足、藤原不比等といった教科書にも載っている飛鳥、奈良時代の名前にたどり着くが、真偽のほどは定かではない。その血統のどこかで、渡来人の鵜飼氏と合流したのだろうか。

室町時代には鵜飼一族が甲賀の三大寺に竹中城を築き、城下に屋敷を構えた。その後、荒れ地を切り開いて農業生産を上げ、大いに栄えた。

後に甲賀忍者の名を世に知らしめた「鈎（まがり）の陣（室町時代後期に甲賀武士がゲリラ戦を展開した長享の乱）」が起こるころには、鵜飼家は甲賀の有力な武士の一族になっていた。

では、甲賀武士団、俗に言う甲賀忍者とは、どのような人たちだったのか。

【甲賀忍者の成り立ち】

甲賀流忍者の成り立ちや歴史、忍術の実態などについては、拙著『甲賀忍者考―鵜飼家関係文書を紐解く』（ユー・アイ・シー出版、２０１９年）に詳しいので、ここでは概要を簡単に述べるにとどめる。

そもそも忍者という呼び名は後世になって生まれたもので、元は地元の武士の一団である。甲賀を見下ろす飯道山で厳しい修行を行う山伏（やまぶし）たちが、麓の村に住み着いたのが始まりである。普段は田畑を耕し、牛馬を飼う村人たちも、いざ戦となると武器を取って領地を守るために戦った。

甲賀では、名字ごとに各家が「姓（しょう）」という分離、独立した一団を作っていた。その中でも一番多かった姓が「鵜飼」で、27軒あったらしい。私の先祖の鵜飼家は、それら鵜飼の姓の一団を束ねていた。ほかにも名門の姓があったが、7軒とか多くても11軒程度だった。

名門の姓であった「甲賀五十一家」のうち中心的なものが、「甲賀二十一家」と呼ばれた。そのうち、さらに一流ブランド的な「畿内三家」が、鵜飼家、伴家、服部家だった。

これに関しては文書がいろいろあり、内貴家の名を入れているものもあるが、どの説を見ても鵜飼は名門に入っている。

服部家は伊賀忍者の一族として有名である。一方、甲賀にも服部家があり、鵜飼と同じぐらいの歴史を持つ旧家である。

忍者ものの小説やドラマなどでは、甲賀と伊賀は敵対する関係のように描かれるが、実際にはそうではなかった。甲賀と伊賀は山を挟んで背中合わせに位置する集落で、一つの村のように仲が良かった。両者には婚姻による親戚関係もあった。

【自治的共同体】

甲賀の地は、東に鈴鹿山脈、南西に信楽山地を望み、野洲(やす)川とその支流である杣(そま)川が流れ、山と谷が複雑に入り組んでいて、隠れるにはうってつけの地形である。この地形をうまく利用し、甲賀の人々は家を一軒だけではなく複数持ち、どこを本宅とするのでもなく自由に住み分けた。何軒かあるうちの一軒が襲われても、そこを抜け出て別の家に潜むことができる。

また、情報網が完ぺきに張られ、よそ者が入ってきたらすぐに知らせが行き渡るようになっていた。したがって、敵軍が迫り、かなわぬと思えばすぐにそこを抜け出し、別の家に隠れた。逃げるのがうまいのも甲賀武士団の強みと言えるだろう。

ちなみに、私自身も住まいを7軒ほど持っているのは、甲賀のＤＮＡによるものと言えるかもしれない。

この武士の一団は、地縁による自治的な共同体「惣(そう)」を形成し、その団結力が非常に強かった。各家が主従関係ではなく、独立した力を持ち、物事を決めるのに多数決のシステムがとられたことも特徴的だった。惣は後に甲賀忍者の中心的な役割を果たすようになった。

一方、伊賀のスタイルは異なり、有力な少数の家が強い発言権、決定権を持ち、他の家は家来のようにそれに従った。世に知られる服部半蔵もそうした名門の家のボスだったが、忍者としての服部半蔵は三代目のときにつぶれてしまった。

しかし、服部家自体は名門の地位を守り、後になって明治時代に伊賀の第八十三国立銀行を設立・経営したのはこの服部家だった。

ちなみに、鵜飼家にも伊賀の服部さんから嫁いできた親戚がおり、その服部さんの家は、馬車で回っても半日以上もかかるという広大な土地を所有していた。

【鈎の陣で名を馳せる】

甲賀忍者が脚光を浴びたのは、先述した長享元（1487）年の「鈎の陣」によってである。

室町幕府の9代将軍足利義尚の軍が、甲賀の豪族・六角高頼に奪われた領地を奪還するため、甲賀に攻め入った。率いる兵は8千人。これに諸大名が合流する大軍だった。このとき、甲賀武士団が六角氏に加担し、滋賀県の鈎、今の栗東市で幕府軍を迎え討って見事、勝利を収めた。今で言えば、自衛隊が暴力団とけんかをして、こてんぱんにやられたようなものである。

では、幕府の大軍相手に甲賀武士はどう戦ったのか。

将軍義尚はまだ20代前半で若く、幕府軍が数では絶対的に勝るという気の緩みもあったのか、夜になると兵士たちは酒を飲み、女をはべらせて遊び放題のありさまだった。夜の闇のどこからともなく、えたいの知れない煙が漂ってくるのにも気付かず、兵士たちは寝入った。

ところが朝になり、いざ戦となっても、訳の分からない心身の不自由に兵士たちの士気は上がらず敗退となった。

実は前夜、甲賀武士らが麻酔や毒を含んだ煙を送り込み、それを吸い込んだ幕府軍の兵士らの戦闘能力を奪ったのだった。そのころから、甲賀武士団が薬や医学についてよく勉強していたことが分かる。

また、幕府軍といっても招集に応じた各地からの寄せ集めの兵であり、一方、甲賀側は地元民なので、攻められれば守りに必死になるのは当然である。それも戦いの士気に影響しただろう。

この一戦で甲賀武士団は有名になったのである。

【徳川家康を救った甲賀忍者】

甲賀忍者の活躍について、私が何よりすごいと思うのは、徳川幕府270年の安泰の世のスタートに、実は甲賀忍者が一枚かんでいたことである。

天正10（1582）年、明智光秀は1万人以上の兵を伴い、わずかな兵を連れて本能寺に滞在していた織田信長を討った。このとき甲賀忍者は信長の敗北、明智勢の規模などの情報をいち早く手に入れ、ただちに徳川家康を救出するため堺に向かった。家康が連れていたのはわずか100人足らずで、これでは明智に対抗することはできない。

家康は身長が低い小柄な体格だった。そこで女物の着物を着せて顔にはおしろい、紅をつけ、女性に仕立てて駕籠に乗せ、ひそかに堺を抜け出した。駕籠は底が丸くなっている女性専用の駕籠で、この形の駕籠の中はあらためてはいけないという約束事があった。

こうして甲賀の忍者たちは、伊賀、甲賀を越え、三河まで家康を無事に逃がすことができた。

ちなみに、これが日本で最初の「くノ一（くのいち）」の術だった。忍者漫画や小説、ドラマなどでくノ一の術として、女の忍者が刀や手裏剣を用い、戦う場面が描かれるが、実際には女性を戦わせることはなかった。家康救出のときのように女性に化けること自体がくノ一の術なのである。

このときの功績により甲賀組は、徳川幕府に取り立てられるようになった。伊賀も徳川に仕えたが、伊賀忍者は江戸城に勤務していたのに対し、甲賀忍者は江戸城に勤務することなく禄(ろく)をもらうという特別の待遇だった。

甲賀組はその情報収集力を生かして、誰がいつ権力を握るか、どこの力が衰えているかを確実に把握し、強いものを助けて恩に着せて常に権力者の側にくみするという賢さ、言い換えれば立ち回りのうまさを備えて生き延びた。政治で言えば、単独で政権を取るだけの力はないが、最も強い党に味方して、政権与党の立場を確保するようなものである。甲賀忍者も、基本的には生きるためにそうせざるを得なかったのだろう。

家康亡き後、徳川3代将軍家光が京都・二条城に向かう途中、わが鵜飼家の先祖に「祖父がお世話になったからお礼をしたい。膳所(ぜぜ)城まで参れ」と使いを送り、膳所城で先祖に「弓張(ゆみはり)一対」を賜ったという話が残っている。弓張というのは、竹を弓のように曲げ、その上下に提灯(ちょうちん)のてっぺんと底を留めて開くようにして使う提灯のことである。

天下泰平とうたわれた江戸時代の270年間、日本が平和でいられたのも甲賀忍者、ひいてはわが鵜飼家の先祖のおかげと、私はひそかに自負している。

【先祖代々医業を営む】

鵜飼家は今から十数代ほど遡るころから、代々、医業を営んでいた。先祖の名前の多くには、「實」の字が付けられている。甲賀忍者は情報収集力に加え、鈎の陣からも分かるように、薬や医術に明るかったので、徳川に優遇されたと考えられる。

甲賀は古くから薬の産地だった。薬売りが常備薬を各家に置いてもらい、年に1、2回それらの家々を訪ねて使った分を補充するという「置き薬」のシステムは、越中富山の薬売りが有名だが、それと同じことを甲賀の人たちも行っていた。

それはもちろん、薬の売買による利益も目的だったが、同時に薬を売りながら日本各地を回り、客の家族構成や病気の情報のみならず、時勢の情報をじかに仕入れるためでもあった。どこで何を作り、何が余っているのか、どこで何が不足しているのか、どこの経済がいいのか、どこの勢力が強くなっているのか、など、あらゆる情報を仕入れて村に戻ると情報を交換し合った。それは甲賀組の活躍を支える力、情報網の一部でもあった。

江戸時代後期から明治にかけての先祖に、鵜飼實秀（１７９７〜１８８４年）という人がいた。父の曽祖父、つまり私から見て４代前の先祖である。實秀はすぐれた医者であると同時に、文芸、書画にも通じ、「舎杖（しゃじょう）」の雅号を持っていた。

明治40（１９０７）年発行の『滋賀県甲賀郡教育会　鹿深遺芳録』には、舎杖についての一節がある。それによると、舎杖は代々医者の家に生まれ、若いころ京都で儒者の摩島湘南に学んだ。よく勉学に励み、医術、文学に造詣が深かった。故郷に帰って医業を営み、名医として名を馳せた。特に精神病を得意としていた。医は仁術と心得、貧しい者にも進んで治療を施した。儒学の勉強を楽しみ、蔵書は多く、歌や書に優れ、晩年は俳諧も好んだ。明治16年、享年87歳で亡くなったということである。※巻末附録参照

舎杖は博天堂という施療施設を開き、金のない者も受け入れて治療した。当時、東京には順天堂（現在の順天堂大学付属病院・医院）という医院があり、親しく付き合いがあったようだ。

私は子どものころ、先祖代々、精神病治療に秀でていたことを示す話を祖母から

よく聞かされた。

舎杖よりずっと後のことになるが、朝鮮、台湾が日本の支配下にあったころ、それらの国からも鵜飼家の精神病の薬を買いたいという依頼がよくあったという。子どものころ、石炭箱（本来はストーブの燃料の石炭を入れる四角い鉄製の箱）にそのような手紙がたくさんあったのを覚えている。鵜飼の薬はそれほど有名だったようだ。

また、祖母がよく自慢していたのは、「武長（たけちょう）さんがうちの薬を分けてくれと、買いにきた」ことである。武長さんとは、武田薬品工業の代々当主の名、武田長兵衛のことで、当時の当主が、どうしても鵜飼家に伝わる薬がほしいと、1万円の値を申し入れたという。当時は100円あれば家が1軒建つ時代なので、1万円といえば現在なら億の単位である。しかし、「うちはお金はいらんから」と断ったそうだ。

私が物心ついたころ、既に祖父は亡くなっていたが、祖母がその薬を調合していたような記憶がある。家には薬の材料として、琥珀（こはく）、ブクリョウ、サイコ、サルノコシカケ、ニンジン、シャクヤクなど、さまざまなものが置いてあった。あるとき、私の母がその調合法を思い出しながら、紙切れに筆で書いてくれた。昔なら何億円かの価値がある企業秘密である。

私は医学の道に進まなかったが、定年退職後、人に請われるまま精神障がい者の団体に関わり、気が付くと15の精神障がい者施設を設立・運営している。幸い道を迷うことなくこの仕事を続けさせてもらっているのは、先祖代々のＤＮＡのおかげだという気がするし、「先祖さんがなさっていたことをしていれば間違いない」という確信のようなものが私の支えになっている。

【幕末動乱期に果たした役割】

鵜飼家が医者であることは、徳川幕府の時代が幕を閉じ、再び朝廷に政権が移るときにも、ある役割を果たした。

甲賀は琵琶湖の南、近江平野から山の中に入り込んだところに位置する。京都（朝廷）と江戸（幕府）を結ぶ経路の境目を鈴鹿山脈とすると、京都側が甲賀、江戸側が伊賀である。従って甲賀には朝廷側の情報が入りやすく、伊賀には幕府側の情報が入りやすかった。

こうした地理上の条件に加え、舎杖が若いころ京都に学んで親しいつながりがあったため、勤王派の人々が舎杖を訪ねて来ることもあった。尊王攘夷(じょうい)派の中心的な存在であり、一時は内閣総理大臣も務めた公家の三条実美（１８３７〜１８９１

年）もその一人で、人目を避けて夜やってきては舎杖と話し込んだ。攘夷派の儒学者・矢野玄道（１８２３〜１８８７年）が鵜飼家に寄寓していたときは、彼の下で学ぼうとする若者が頻繁に訪れた。

同じ甲賀郡の牛飼村（現水口町牛飼）出身の城多董（幼名木田一太郎、１８３２〜１８９１年）は舎杖の弟子で、矢野玄道が舎杖のところに来ると、その下で学ぶ若者の一人となった。城多は尊王攘夷派の志士となり、岩倉具視の命を受け尊王攘夷派の密偵のような役割をしていたらしい。明治維新後も新政府の下で活躍した。

鵜飼家からも情報収集のため、政権に関与する各方面に人を送り込んでいた。そういう場合、鵜飼の一族を送るのではなく、家の使用人、男衆などを使った。鵜飼の名は決して表には出ないように行動するわけで、ずるいといえばずるい。

勤王派の人々や送り出した男衆らが鵜飼の家に出入りするとき、家業が医者であることは重要なメリットだった。夜、ひそかに出入りするようなときでも、医者の家であれば急患で人が出入りするのは自然なことなので怪しまれることはないからである。

【舎杖を頼って訪れた芸術家たち】

舎杖を慕って訪れたのは、政治に関与する人たちだけではない。舎杖は京都で文化人との交流が深かったので、画家や書家が幕末の不穏な京都から舎杖を頼って鵜飼家に避難してきた。

京都・蛤御門の変（1864年）で市中の多くが焼き尽くされた折に、画家・幸野楳嶺（こうのばいれい）（1844～1895年）の家が罹災（りさい）し、楳嶺は鵜飼家にしばらく寄寓していた。

画家が滞在している間、食べていけなくなった弟子たちも師を頼ってやってくる。彼らは一宿一飯の恩義というわけで、襖に絵を描いたり字を書いたりしていくので広い屋敷の中はさながら美術館のようになった。

京都が落ち着くと、幸野楳嶺ら画家たちは京都に画学校をつくるために奔走した。そのとき鵜飼家も援助を惜しまなかった。明治13（1880）年、絵画学校は三条実美の命名で「日本最初京都画学校」として開校し、楳嶺は教員となって、その後も美術教育に大きく貢献した。看板は実美自身が書いた。これが現在の京都市立芸術大学である。

鵜飼家が京都画学校、ひいては日本の美術の発展にも貢献したことを私は誇りに思わずにいられない。

【寺の本堂を移築】

ここで、今も甲賀市水口町三大寺に残る鵜飼家の家屋について述べよう。

甲賀の西に標高664メートルの飯道山がある。ここは山岳信仰の拠点の一つで、甲賀忍者の修練場でもあった。山には山頂に天台宗の飯道寺、中腹に道徳寺、薬王寺の三つの寺があった。三大寺の地名の由来である。

飯道寺には36の宿坊があったが、明治初期の廃仏毀釈の際、それら全ての廃寺が決まった。地元で力をもっていた舎杖は、宿坊の一つ、長谷寺の本堂と山門を買うことにした。値段は43両だったと伝わっている。移築は明治2年から3年にかけて行われ

実家の門の前に並ぶ鵜飼家の一族

た。屋根付きの山門と住居となった本堂は、今も実家で使われている。

舎杖の父と子も医者で、3代が同時に医業に携わっていた時期があり、そのときにかなりの財を成したと思われる。人間、命と金とどちらが大事かと言われたら、命の方が大事だから、持てる者は金を惜しまなかったということだろう。

【書画の名品に囲まれて育つ】

舎杖は学問があり、鑑識眼もあったので、書画の収集にも熱心だった。舎杖が京都で師事した摩島松南（1791～1839年）の見事な書のほか、私が寝ていた部屋の襖には、曾我蕭白（しょうはく）（1790～1781年）、塩川文麟（ぶんりん）（1808～1877年）ら、江戸中期から後期にかけての絵師による絵が描かれていた。塩川文麟は尊王攘夷派だったので、舎杖の客人として描いていったものかもしれない。

その中には、わが家が僧坊だったころの書画や、舎杖より後の時代に収集されたものもあったようだ。座敷には川合玉堂（1873～1957年）の襖絵や、短冊と色紙を貼り合わせた襖があった。武者小路実篤（1885～1976年）など文人の描いた短冊がたくさん張ってあった。

私は確認していないが、母が袋戸棚の襖に建礼門院の書が張ってあると言っていたのを記憶している。

私が子どものころ寝ていた部屋には三条実美の額が飾ってあったのを覚えている。子どものころは貴重な書画の価値など分からないので、家の中を構わず遊び回り、乱暴なこともして父に叱られたものだ。後年、美術品の価値が分かるようになった私が母に襖の短冊を譲ってくれと言うと、「これはこの家に付いているものだからダメだ」と断られた。一理ある。

美術品の多くは今も残っているが、個人の家で管理するには困難が伴う。

子どものころの夏の思い出に、葦障子がある。葦障子は、茶色く細いストローのようなヨシで編まれた戸である。風は通るが虫は入ってこない。夏になると、家中の障子を葦障子に入れ替えるのが、年中行事のようなものだった。戦後、男衆さんがいなくなると、自分たちでやらなくてはならないのがしんどかった覚えがある。

ところが、兄が家を継いでから障子を全てガラス戸に替え、夏はエアコンを入れるようになった。すると空気が乾燥するので、古い額や絹本などが割れてしまうようになった。昔の家の適度な湿気や風通しが美術品の保存には適していたようだ。私が子どものころ毎日見ていた三条実美の額にもひびが入ってしまった。快適な生活のためとはいえ、残念なことだ。

私は画家で作家だった池田満寿夫さんと親交があり、あるとき、池田さんが私の実家を訪れたとき、北斎の絵の屏風を見て感銘を受けていた。今は残っていないのでおそらく亡くなった兄が売ったのだと思う。

【父と母】

舎枚以降、私の父の兄で、長男として鵜飼家の家督を継いだ伯父の代まで家業の医者は続いた。その伯父は、紡績会社では当時日本で最大だった東洋紡績の社長の娘さんと結婚したが、子どもをもうけないまま30代の若さで亡くなった。伯父の死後、伯母は実家に戻った。

亡くなった伯父に代わって鵜飼家の跡を取ったのが、次男坊だった父親の旻（あきら）である。

父は明治35（１９０２）年６月29日生まれ。父の小学校の卒業証書は「滋賀県士族　鵜飼旻」となっている。当時、士族は日本全人口約５３００万人のうち４％ほどしかいなかったので、父はたいそう威張っていた。

父は跡継ぎになる予定はなかったので、医者の道には進まなかった。父方の祖母が言うには、極道息子で遊んでばかりいたそうだ。

祖母がいつも自慢していたのだが、鵜飼家は滋賀県で２番目に自家用車を買った家だそうだ。1番は知事さんである。父は若いころ、その車に芸妓さんを4、5人乗せ、箱根や熱海まで遊びに行っていたという。あちこち遊び回ってお金が底をつくと、いったん家に帰ってきて、またお金を持って出て行き、何カ月も不在にすることがあった。

母・寿恵は明治40（1907）年1月8日、水口町の隣の土山町に生まれた。旧姓は松山である。子どもが多かったので、これ以上生まれないように、「すえ」と名付けられたが、その後さらに1男1女が生まれた。母には姉と妹がおり、姉は女子美術専門学校（現女子美術大学）、妹は滋賀師範学校をそれぞれ卒業したが、母だけはどういうわけか高等教育を受けなかった。

昭和3（1928）年3月20日、父と母が結婚したとき、父は何も仕事をしていなかった。仕事をしなくても食べていける身分だったということだが、昔はむしろ、「名家の当主が仕事するようではあかん」という風潮もあった。

しかし、「よそさんもみんな仕事してるし、仕事せんとあかん」ということで、関西配電（現関西電力）のメーターを見て回る仕事に就いた。父はその仕事のために馬を飼い、それに乗ってメーターを見て回った。メーターは高いところについていたので、馬から下りる必要もなく、楽に見て回れるというわけだ。

父は母との間にたくさんの子をもうけたが、どこかに母以外のパートナーを持ち、子どももいたそうだ。今のお金に換算して１億円ものお金を出し、家を与えていたらしい。その子どもが早く亡くなったときには大変ショックを受けていたという。

平成元（１９８９）年に父が亡くなったときは、葬式にお坊さんが十数人来られた。鵜飼家は浄土宗の信徒でも最も位の高い、京都知恩院の「松の間特別信徒」だったが、浄土宗だけではなく、天台宗からも来ておられた。天台宗ともつながりがあったようだ。

父の葬式には当時外務大臣だった宇野宗佑元首相の姿も見えた。首相になってすぐに女性スキャンダルが発覚し、退陣に追い込まれる2、3カ月前のことである。宇野さんは滋賀県出身で、滋賀県議会議員もしていたので、父と付き合いがあったのかもしれない。

私のきょうだいたちも医者にならなかったため、祖父の代で何代も続いた医者の家系は途切れた。しかし、今、父の孫たちのうち7人が医者、あるいは医学博士になっているところを見ると、医者のＤＮＡは消えてしまったわけではないようだ。

【お母さん子】

私は昭和14（1939）年12月21日に生まれた。昭和4（1929）年生まれの長兄を筆頭に、男4人、女5人の9人きょうだいの6番目である。母は全部で11人の子を産んだが、そのうち2人が幼くして亡くなっている。

私の名前の「武彦」は、立派な兵士・軍人になるようにと、父が付けた。12（1937）年に日中戦争が勃発し、戦争は既に泥沼化の様相を示していたが、大陸に占領地を拡大する日本軍の戦報に、まだ国民が勢いづいていたころだ。

母の乳が出なかったため、家で飼っていたヤギの乳で育てられたと聞いている。幼いころの私は、内弁慶でお母さん子だった。きょうだいが多いから、普段はなかなか母に構ってもらえないが、熱を出すと、背負って病院まで連れて行ってくれた。その背中の温かみをよく覚えている。田舎なので八百屋が一軒しかなく、普段はリンゴなど食べられないのだが、熱を出すとリンゴをすりおろして食べさせてくれた。熱を出すとかわいがってもらえるので、わざと熱を出していたのかもしれない。熱を出すためにしょうゆを飲んだ記憶もある。

母が婦人会などの集まりで出て行こうとすると、「出て行かないで」と母の足にしがみつく。そこで母がこっそり裏から出て行くと、それに気付いて、何とも言えず寂しい思いをした。ほかのきょうだいはそうでもなかったようだが、私はとにかく優しい母が大好きで、いつも甘えていた。

それに対し、父は私たち子どもにとって、とんでもなく怖い人だった。父に遊んでもらった記憶は全くない。父が帰宅すると、子どもたちは急いで隠れ、それぞれの部屋にこもっていたぐらいだ。

わが家では家族と使用人がそろって夕食を取るのが習わしだった。父母、祖母、きょうだい9人、男衆さんとお手伝いさんがそれぞれ数人の大所帯なので、食事を取る部屋には膳がずらりと並んだ。あるとき父は屋根の上にサイレンを付けた。夕食時になると、サイレンが「ウーウー」と鳴る。それを合図に、広い地所の方々に散らばっている人たちが家に戻り、一緒に夕食を食べた。

しかし、サイレンは何キロも先まで響き渡るので、近隣から文句が出て、結局1年かそこらでこの変わった習慣は途絶え、サイレンは学校に寄付された。学校で始業と終業のときにはそれが鳴っていた。

【母の教え】

私は家の財産を何ももらわなかった。私は9人きょうだいの6番目で三男だから、昔からのしきたりで、何ももらえないのも仕方がないが、母に、「何でわしだけ何ももらえないの」と聞かずにはいられなかった。すると、「その代わりお前は賢く産んだっているから、何もいらんのや」と半ば冗談のような言葉が返ってきた。

しかし、こんなことも言われた。

「これからいろいろなことがあるだろうが、泥棒に盗られるようなものは持ってはいけない。火事にも泥棒にも奪われないものを身に付けよ」

そんな母の言葉は、お金や、お金に代わる財産は人にとられたらおしまいだが、知識のように誰にも奪われない、死ぬまで持っていられるものを身に付けよ、という教えだった。

また、「お前には何もないからこれをあげる」と、あるとき3枚の紙をくれた。平成14（2002）年3月6日に母が亡くなり、実際に私の手元に残っているのはその3枚の紙である。

一つ目は、父の旧尋常小学校の卒業証書で、母は「お前が一番しっかりと鵜飼家の跡を継ぐことになるかもしれないから」と言って手渡してくれた。それには「滋賀県、士族、鵜飼旻」と書いてあった。それを見て「ああ、おやじは士族だったのだな」と実感した。

二つ目は、満州鉄道の株券だった。満鉄の株は昔、祖父か父が多額の金を出して買ったらしいが、敗戦で満鉄が消滅して紙切れになってしまった。「世の中、時代の流れを読んでいないと、大きな財産でも紙切れになる」。それを勉強せよという意味で、母がこれをくれたのだと後で思った。

三つ目は、父がもらった一枚の感謝状である。実家の氏神の日吉神社に鳥居を寄付した折、それに対して神社庁からもらった感謝状だった。

どれも一円のお金にもならないものばかりで、もらったときは、こんなものをもらってもしょうがないなと思っていた。しかし、お金をもらっていたらきっと使ってしまい、何も残っていないだろうが、使いようもないからこうして今、手元に残って、私にその価値を考えさせている。「価値のないものほど後から価値が出るのだな」とつくづく思った。

仏像も高価な金で作ったら、跡を継いだ2代目、3代目が鋳つぶして、金として売ってしまうかもしれない。もし木で作ったら、売るほどの価値がないので、家に残され、ずっとあがめられる。

「価値のないものほど価値がある」と最近、感じる。そういう生き方が幸せを呼ぶのだと思う。

【遊びの風景】

思い出す子どものころの甲賀の景色は、山と田と畑である。周りより3尺（1尺は約30センチ）ほど高く土を盛った上に建てられた屋敷の後ろには、5、6反（1反は約千平方メートル）も田畑が続いていた。家と田畑の間は3、4尺低くなっており、そこを小さい川が流れている。そこに私たちはアカハラと呼んでいたが、お腹が真っ赤で気持ちの悪いアカハライモリがいたのを覚えている。

家と畑の間には木がたくさんあり、今はめったに見かけなくなったが、黒くきゃしゃなハグロトンボがふわふわと飛んでいた。

近くに杣川があり、田んぼの水はそこから引かれていた。夏はそこに泳ぎに行った。ウナギ捕りもした。竹を編んだ柵と石でダムを造っておくと、その下にウナギが入り込む。長いくぎを4本そろえて「えいっ」と持ち上げた拍子に、ウナギにかまれて痛い思いをしたこともあった。ウナギにかまれる人間もあまりいないだろうから、貴重な経験である。

屋敷の構内には、前栽（せんざい）といって、土を盛って小山を造り、石を置き、木を植えた庭があり、そこに赤いサワガニがすんでいた。石には大きなクモが真綿のような巣を作ってすんでおり、私たちはゴロゴロさんと呼んでいた。夏には大小さまざまな、たくさんの虫たちがいた。

家の後ろに父が乗っていた馬の小屋とヒツジやヤギ、ニワトリなどの家畜を飼っている小屋があった。長兄や男衆さんらが面倒を見ていた。

古い家のどこかにアオダイショウがすんでいた。体長３メートルほどもあり、それが畳を進むときに立てる「ざーっ」という音は、本当に恐ろしかった。蔵と蔵の間をイタチやテンが走っていた。今はそういう生き物もほとんど見なくなった。地球があのころとは違うものになったように感じられる。

杣川、野洲川流域には、ウツクシマツ（美し松）という種類のマツが自生していた。マツの木は普通、１本の幹が伸び上の方に枝が生えているが、ウツクシマツは幹の地面に近い部分から何本にも分かれた幹が上に伸びて株立ちのような形になっている。

うちの近くに高さ15メートルぐらいの大木があり、根元の周囲は大人２人でも抱え切れないぐらいだった。舎杖がお寺を移築したとき、その特徴的な木が家から見えるように配置したという。

私が子どものころはまだその木があったが、昭和25（1950）年9月3日に「ジェーン台風（台風28号）」がこの地方を襲ったとき、倒れてなくなってしまった。

野洲川流域などでも、当時のウツクシマツは絶えてしまった。今は地元住民、滋賀県や湖南市、国などが保護保全活動をしている。

【蔵のお宝】

家には米蔵、文庫蔵、道具蔵の三つの蔵があった。

秋の刈り入れ時になると、米俵を積んだ大八車が米蔵の前に列を作った。うちは何町歩（ちょうぶ）（1町歩は約1ヘクタール）かの田んぼを持っていたので、小作人たちが決まった日に年貢米を納めに来る。正式には小作料だが、私たちは昔からの習わしで年貢と呼んでいた。父が帳面に「誰が何俵」と付け、蔵に米が収められていく。それが年中行事になっていた。

文庫蔵、道具蔵には古くから伝わる「お宝」を含め、面白いものがいろいろ入っていた。蔵に入ってはいけないといつも言われていたが、入り込んで遊んではよく叱られていた。一寸角ぐらいの翡翠（ひすい）の印材があったのを覚えている。翡翠でできた鎖もついており、見るからに立派なものだった。

忍者の時代をしのばせる虚無僧（こむそう）の装束や、鉄砲の鉛弾を作る道具である鋳型鉄鋏（かなばさみ）、陣笠という昔のお代官がかぶっていたような笠、真っ赤なフェルトに金色の紋がついた陣羽織もあった。丸の中に菊と一文字が描かれたのが鵜飼家の紋である。

夏に盆踊りがあると、私は陣笠、陣羽織を着け、古い本物の刀を差して踊った。そんな装束ができるのはうちだけなので、大抵、3等賞か4等賞、ときには2等賞をもらうこともあった。

また、先祖が使っていた珍しい医者の道具がいろいろあった。平賀源内が使っていたようなエレキテルもあったし、ガラス管の両端が真ちゅう、中に皮が張ってあるネジ式の注射器もたくさんあった。手術用の道具の中に、アヒルのくちばしのような形をしたはさみのようなものがあり、遊びで学校に持って行ったら先生に取り上げられた。実は、産科の鉗子（かんし）だった。

桐の箱の中から本物の頭蓋骨が出てきたときには、本当にびっくりした。医学の勉強用だったのだろう。頭蓋骨は黄色い布にくるまれて漆の箱に入れられ、さらに桐の箱にしまってあった。

中学生のころだったか、私の目を特に奪ったのは、蔵の2階にあった一辺30センチぐらいの立方体の桐箱の中身だった。ふたを開けると、薄い紙箱が20ぐらい重ねて収められており、それぞれにすりガラスの板が1枚ずつ入っている。ガラスには写真が焼き付けられていたが、最初は何なのかよく分からない。

箱に書いてあった「ドイツ国ドクトルなにがし、婦女出産の図」の文字を見て、もう一度写真をよく見ると、それは女性が出産するとき、閉じた状態から、赤ん坊の頭が現われ、徐々に体を現し、完全に生まれ出るまでの経過を撮影したものだった。ガラス板に印刷してあるので、江戸末期か明治初期のものだったと思われる。そんなものを見て、こんなふうに子どもが生まれるのかと学んだわけだから、私は当時の子どもとしては、ませていたと思う。

【御駕籠と嫁入り道具】

家には御駕籠が五つあった。人を運ぶには現代なら自家用車、トラック、霊きゅう車などいろいろ種類があるが、昔の御駕籠にも異なった機能や約束事があった。うちには家人が使う武士用のもののほかに、商人用、女性用、僧侶用のものがあった。

侍用は駕籠の下が角ばってはいるが、僧侶用は女性用と同様丸くなっている。そして、下が丸いものは中をあらためたり、攻撃したりしてはいけないという決まりになっていた。先祖が徳川家康を堺から運んだのも、下が丸い女性用の駕籠だったろう。

家の2階は厨子と言って物置になっており、代々、鵜飼家に嫁いできた女性たちが持参したたんすや、長持ちがたくさんあった。長持ちの古いものは幅が5尺ぐらいだが、時代が下るにつれ大きくなり、江戸末期のものは6尺ぐらいあった。下に木の車がついた車長持ちもあった。また、たんすの中には昔、嫁に行く娘に親が持たせた枕絵も入っていて、そんなものも私は子どものころに見ていた。

また、刀たんすが2さおあった。着物たんすより浅い引き出しが、1さおに全部で十三、四段あった。開けると、一段に刀が7、8振り並んでいる。一番下の段には、柄に巻くサメ皮、下げ緒、いろいろな飾りの金具などが収められていた。

押し入れの襖の裏側の鴨居には、刀とやりがかけてあった。

戦争中、金属資源が不足し、各家庭に鍋釜やあらゆる道具を供出させたとき、うちは刀身だけでもリヤカーに2台分を出したという。ただし、よい刀は隠し持っていたらしく、今も少しは残っている。銅製の雨どいも取り外され、供出させられてしまった。戦争は至る所で貴重な文化を失わせた。

【戦争中の暮らし】

戦争中は灯火管制が敷かれていたので、電球に黒い布をかぶせて外に光が漏れないようにした。下だけ透明で上半分がブルーに塗られた電球もあった。

空襲で甲賀の市中が焼かれることはなかったが、米軍の飛行機が来て近江鉄道の車両を機銃掃射するのを間近に見たことがあった。飛行機が去った後、戦闘機の風防ガラスのかけらが落ちていて、拾ってこすると甘い匂いがした。今もその匂いを思い出すと懐かしい気がする。大阪生まれの妻は私より4歳下だから、終戦の時にまだ2歳にもなっていなかったが、その匂いのことは知っていた。ガラスのかけらを身近な人が持っていたのかもしれない。

滋賀県ではいくつかの町や工場、列車が空爆を受けることがあったが、大きな空襲は免れた。私の家族で兵隊に行った者はなく、だれも戦争の犠牲にはならずに済んだ。

10歳上の長兄は、琵琶湖の干拓事業に駆り出されて行っていた。琵琶湖の内湖の干拓は、戦争中から食糧難を解決するための農地開発を目的に、国の事業として行われていた。

うちには農地がたくさんあり、戦争中も食べるのに困った記憶はないが、9人きょうだいなので、家での生存競争はそれなりに厳しかった。米、みそ、しょうゆ、砂糖などの食料品、マッチや布などの生活必需品が順に配給制になり、暮らしはそれなりに不自由さを増していったと思う。

米の節約のため、白いご飯ではなく米に野菜を混ぜて炊く大根飯など、代用食を食べるよう義務づけられていた。各家庭がそれを守っているか、ヤミ米などを食べていないかを、町内会の役員の人が時々夕食時に監視して回った。うちは米がたくさんあるから、大根飯にしなくてもいいのだが、見回りのある日は白いご飯と代用食の2種類を炊いた。家の門から台所までは50メートルぐらいあるので、役員が来ると、門のところから伝令が走ってくる。そこで大根飯を出して、それを食べているところを見てもらってやり過ごした。

日本各地で空襲がひどくなるころ、うちには大阪など都市部から4世帯の家族が疎開に来ていた。大きな家だったし、普通の家庭より食料にも恵まれていたので、かなりの人数が一緒に暮らしていた。母が子どもたちのために弁当を作って置いておくと、なくなっていることが何度かあった。捜そうとする子どもたちに母は「捜したらいかん。あんたらはいつでも食べられるけど、疎開に来ている子たちはたまにしか食べられないのやから、黙っとき」と言って止めた。

【イナゴ捕り】

昭和20（1945）年8月15日、日本は敗戦の日を迎えた。それを境に生活は変わっていった。

翌21（1946）年4月、私は貴生川町立国民学校（現甲賀市立貴生川小学校）の1年生になった。学校に行くとまず帽子を取り、お国のために戦死した郷土の兵士を祭る忠魂碑や二宮金次郎の像に向かって礼をしたが、いつごろからかそれをしなくてもよくなった。やがてカタカナの教科書がひらがなになり、「テフテフ」は「ちょうちょう」になった。

学校では食料調達の活動が盛んに行われた。その一つ、「イナゴ捕り」はタンパク質を補うために、秋の実りの前ぐらいに行われた。先生から「明日は手拭いを持ってきなさい」と指示が出る。各自、家で手拭いを半分に折り、両縁を縫って袋にする。竹の筒に袋の口をかぶせ、外れないように縛って、そこから捕まえたイナゴを入れられるようにする。翌日は生徒全員がそれを持って畑や野原にイナゴを捕りに出掛けた。

学校に戻ると、バケツに何杯ものイナゴを大きな土鍋に入れていり、すりつぶして粉にする。それをみそ汁に入れて飲むと、イナゴの足のぎざぎざが口の中で引っかかった。

運動場では固い土を耕し、サツマイモを植えた。農林一号という品種で、大きくはなるけれど、甘みのないダイコンのようなサツマイモだった。

その頃はまだ、うちには田んぼの収穫があったので、家での食事には苦労しなかった。学校は家から歩いて5分ぐらいのところだったので、昼食は弁当ではなく必ず家で食べた。家に帰ると、まず鶏小屋へ行き、産みたての卵を取ってきて、卵焼きを自分で作って食べた。

二、三十羽の鶏を飼っていて、すき焼きと言ったら、牛肉がないので、いつも鶏肉だった。何か家に行事があると、ごちそうのために鶏をつぶすのは私の仕事だった。血抜きをし、羽根をむしって、お湯につけると皮が取れる。おかげで鶏をさばくのは今でも上手である。

【慣れない農作業】

戦争の前と後では社会も変わったが、うちの家も変わった。一番大きな変化は、所有地の縮小とそれに伴う収入の激減である。

昭和22（１９４７）年に行われた農地改革によって、1町歩（3千坪）までしか農地の個人所有が許されなくなった。先祖から受け継いだ広大な土地が政府によって安価に買われ、それまでの小作農家などに分け与えられた。

それまで小作料として入ってきていた米は、入ってこなくなった。山に土地があってもお金にならない。父は関西電力の給料だけで大家族を養わなくてはならなくなった。

それまで小作人に耕してもらっていた田畑を自分たちで耕し収穫する自給自足の生活が始まった。母も畑を耕し、作物を育て始めた。子どもたちも、それまでにやったことのない農作業に駆り出された。

私が学校から帰ると、父から「田を鋤いとけ」「裏の田んぼを刈っとけ」と指令が出る。父は大変怖い人だったので命令は絶対である。

田を鋤くときは、近くに牛を飼っている家があったので、牛を借りて鋤を引かせ、自分は牛を後ろから押していった。慣れていないので牛に逃げられ、それを必死で追いかけた覚えがある。

稲刈りに使うノコギリ鎌はとてもよく切れるので、素人の、しかも子どもが扱うのは大変に危険である。私はやり方を教えてもらっていなかったが、父に「やれ」と言われたらやるしかない。今にして思えば、乱暴な話である。自分流で刈っていたら、左手小指の爪の生え際を切ってしまった。

そのときは姉が急いで私を自転車の後ろに乗せ、病院に連れて行ってくれた。姉の白いブラウスの背中に、しがみつく私の指から出た真っ赤な血が日の丸のように付いたことが記憶に残っている。

診てくれたのは清水さんという内科の先生だった。田舎のことで麻酔もない上に、内科の先生なので、素人が縫っているようなものである。私は痛くてたまらないので、本来2針縫うところを1針縫ったところで、たまらず「先生、もういいわ」と言って、強引に帰ってきてしまった。それを我慢して縫ってもらっていたらよかったと、後からひどく後悔した。爪の根元の、新しい組織が育ってくる部位を切ったので、以後、牛の爪のように二つに分かれて生えてくるようになってしまったのだ。

「人間我慢は大切や。我慢して、きちんとやってもらうときはやってもらわないといけない」と、このとき学んだ。

この時期はうちでも食べ物が不足し、ひもじい思いをした。川へ魚を捕りにいったり、野原や土手に生えている雑草のイタドリを採ったりして、飢えをしのいでいた。イタドリは酸っぱいので、私たちは「スッポン」と呼んでいた。山へアケビなどの木の実を採りに行ったこともあった。わが家の庭になる柿の実も貴重な食料だった。

【小学校・中学校時代】

小中学校の9年間を通じて、全校生徒が80人ほどで、全員同じ貴生川地区に住んでいたので、皆お互いを知っていた。私はぼんぼん育ちで、暴力を振るうようなこともなかったせいか、皆と仲が良く、女の子にも人気があった。

当時の保護者会の会長は地元の名士が務めるのが習わしで、父は小学校から高校まで、保護者会、PTAの会長だった。警察署長、国鉄の駅長など、公の職で転勤になる人は、必ずうちにあいさつに来た。

鵜飼家は既に医者ではなくなっていたが、私は「お医者のぼん」と呼ばれ、道でにわか雨に遭うと傘を貸してもらうなど、親切にしてもらったのを覚えている。

小学校2年のとき、今から考えると本当に失礼なことを言ったのだが、新学期の1日目に「新しく担任になった女の先生の顔が嫌いだから、学校に行きたくない」と家で駄々をこねた。それを聞いた母が、校長先生に言ったらしい。実は、校長先生は、母の妹と師範学校で同窓だったため、母とも仲が良かった。それですぐに担任が代わった。そのとき、「何でも言えばかなえられる」と知った。その先生には何の罪もなく、今から考えると申し訳ないことをしたものだ。

父はうるさくて怖かったので、父が仕事から帰ってくると、きょうだいは皆怖がって隠れていた。しかし幸いなことに、日曜日に父が家にいることはあまりなかったように思う。

そんな怖い父だったが、芸事を好む一面があった。明治の生まれだが、どこで覚えたのかバイオリンが弾けたそうだ。

私の姉妹は5人いたが、生活物資が乏しいころであっても、名古屋から西川流の家元を呼んで、姉妹たちに踊りを習わせていた。近所の造り酒屋の娘さん、郵便局長の娘さんもうちに来て一緒に習っていた。小学生だった私は、郵便局長の娘さんがかわいくて好きだったので、その子が踊っているときは戸の隙間からのぞいていた。

姉妹たちはお琴と茶道も習っていた。物がないときに、そこまでして習わせるのだから、今思うと粋な父親だった。

昭和26（1951）年、私は貴生川町立貴生川中学校（現甲賀市立水口中学校）に入学した。中学校は楽しかったが、兄や姉は賢くいつも級長をしていたので、級長をやったことのない私はプレッシャーを感じていた。ただ、言い訳をさせてもらうなら、私の使う教科書はいつも兄姉の使い古しで、落書きで汚れた表紙やページを見ると、勉強をする気はうせるのだった。だが、理科は好きだった。これも医者のDNAのせいかもしれない。

中学では学校新聞部と軟式テニス部に入っていた。新聞部にいると周りの状況がよく分かり、記事を書くためにどこにでも行けるのが魅力だった。このころから情報収集を得意としていたのは、忍者の血を引いているためかもしれない。

私には小学校のときから好きだったクラスメートがいた。地元の名士の娘さんで、ずっと級長をしていた賢い子だった。違う高校に進学したので中学卒業後は会っていなかった。それでも好きだったので、東京の伯母のところに遊びに行ったとき、真新しい、紫のビロードの表紙が付いた立派なアルバムを手に入れ、その子に送った。すると、家に帰ってから「こんな立派なものをもらえません」と返され、ショックを受けた。

それから20年以上たったある日、たまたま郷里に帰ったときに、彼女によく似た制服姿の女の子を見かけ、その傍らにいた私と同年代の女性が彼女だとわかった。時間は魔法使いである。出会わない方がよかったかもしれない。

【高校時代】

きょうだいたちは皆、滋賀県立甲賀高等学校（現滋賀県立水口高等学校）に通ったが、私は昭和29（1954）年、大津市の滋賀県立膳所高等学校（1952年までは一時的に滋賀県立大津東高等学校）に進学した。きょうだいたちの通った甲賀高校は昔の鵜飼家の敷地内のようなものだったが、私は往復1時間かけて汽車で通学した。

膳所高校は、かつての膳所藩校・遵義堂跡地に、明治31（1898）年に建てられた滋賀県第二尋常中学校を始まりとしている。120年余の歴史を持った学校で、滋賀県でも有数の進学校である。学力も高くスポーツも盛んで、平成30（2018）年、野球部が春の甲子園に21世紀枠で出場して話題になったが、残念ながら1回戦で石川県の日本航空高等学校石川にさんざんな負け方をした。

高校時代、私はあまり勉強をしないで生徒会とクラブ活動に熱心だった。伝統のある学校らしく、琵琶湖に近い立地を生かしたボート部とヨット部の活動が盛んで、高校のクラブとしては珍しい乗馬クラブもあった。団体プレーが苦手な私には、ボート、ヨット、乗馬は性に合っていたので、三つともやっていた。ヨット部には、帆が一つのディンギーが5、6隻と、帆が大小二つあるスナイプが1隻あったのを覚えている。

2年生のとき、サッカー部から「国体に出るのだが、メンバーが足りないから入ってくれ」と頼まれた。国体に出られるという言葉に引かれて入部したが、国体に出るほどの強いチームなので先輩のしごきが予想以上にきつい。真夏の暑いときに、運動場で200メートルぐらいを全力疾走で、しかもボールを蹴りながら走らなければならない。私はすぐに音を上げてやめてしまった。

生徒会の部屋に、新聞部が同居しており、私は中学時代に引き続き、新聞部にも入った。学校新聞には映画紹介の記事を載せていたので、大津に3軒ほどあった映画館から新聞部宛てに入場券が届く。それで面白そうな映画は必ず見に行った。

映画というと、高校時代に面白いエピソードがある。

高校の近くに、琵琶湖に面して膳所城の跡地があった。現在は膳所城跡公園として整備されているが、当時もそこはとても景色が良く、きれいなところだったのを今でも覚えている。

あるとき、そこで応援団の練習をしていると、どこからか「アメリカの俳優が来ているぞ」と言う声が伝わってきた。ロバート・テイラーとビビアン・リーらしいという。２人が共演した『哀愁』が日本では１９４９年に公開されており、２人とも大スターである。しかし、田舎の高校生だった私は、２人の映画は見ていなかったので顔が分からない。

私はミーハーだったので、友達２、３人と急いで駆けつけ、その「ロバート・テイラー」から手帳にサインをもらった。書かれたサインを見てみると、ロバート・テイラーではなくロブ・テイラーと読める。「なんだ、名前が違うじゃないか」と一抹の疑念が残った。そのころ私は、ロバートを「ロブ」と略すこともあるということを知らなかった。

そのサインはどこかに行ってしまったので、今となっては本当に膳所に来ていて、それが本物の大スターのサインだったのかどうか分からないが、今残っていたらテレビの「開運！ なんでも鑑定団」に出して、いい値がついたかもしれない。

高校３年になり、進路を決める時期になった。膳所高校は進学校なので大半が大学を受験する。成績上位者は、大津から近い京都大学に行く人が多かった。就職するのは11クラスのうち、１クラスしかいない。

私も進学したかったが、大学に行かせてもらえるような経済状況ではなかった。そのころ３人の姉が続いて結婚した。私の故郷では、結婚の支度を大変派手に調えるのが習わしだった。しかも、めでたいことだが、３人とも良い家に嫁いで、それなりの支度をするためにお金がかかった。俗に言う「娘３人持てば身代つぶす」というほどではないにしても、山や土地があっても現金のない鵜飼家に全く余裕はなかった。私のきょうだいのうち、高校から大学に進学したのは一番上の兄だけだった。

私は親に進学してはいけないと言われたわけではないが、苦しいやりくりの話が自然に耳に入ってくるので、とても大学へは行けないと思った。

進学は諦めて、私は大阪の高島屋の入社試験を受けて合格した。

就職が決まっていたが、友人たちが皆、受験するので、私も神戸大学を受けに行った。しかし、合格発表は見に行かなかった。

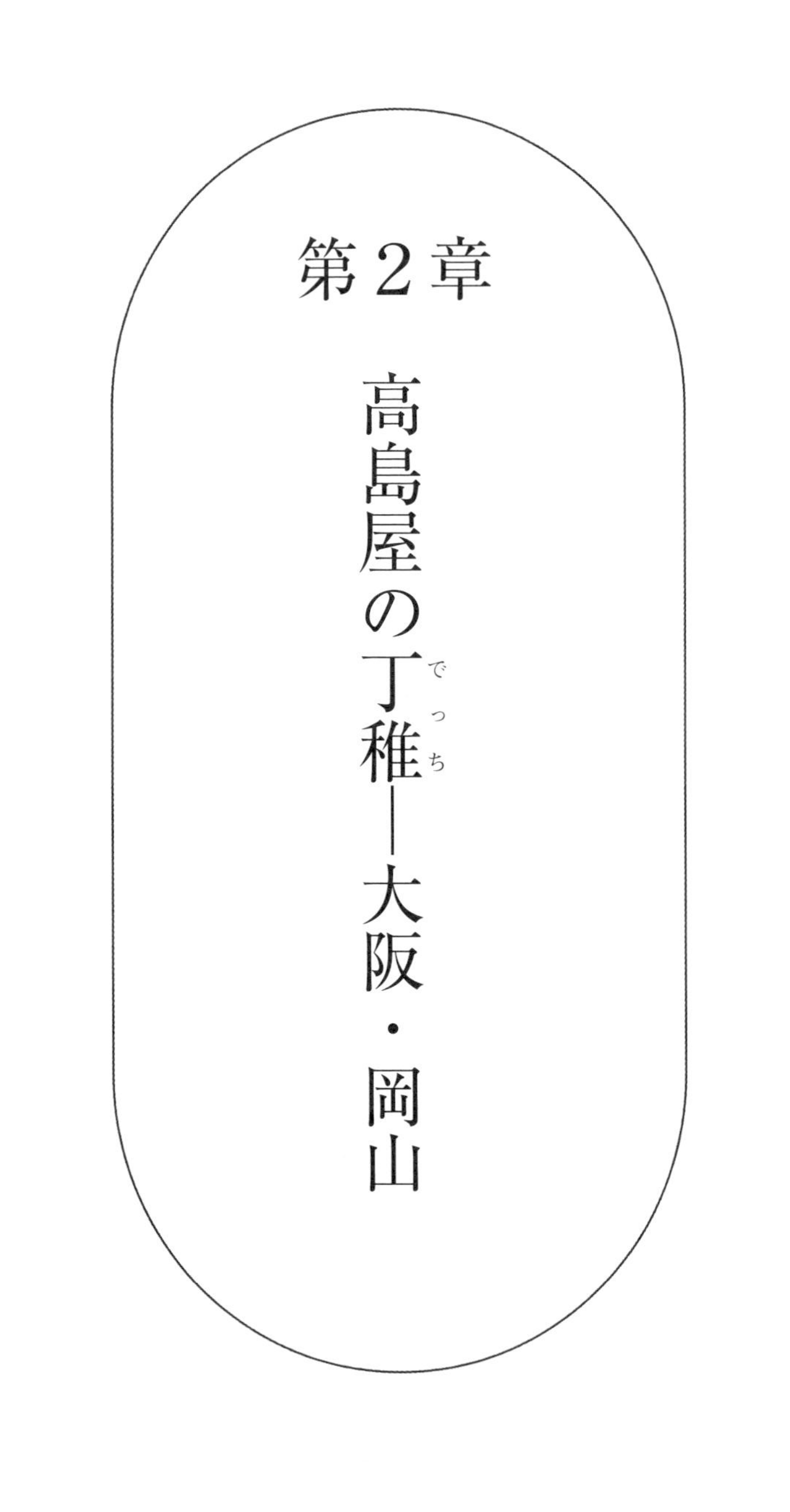

第２章

高島屋の丁稚（でっち）――大阪・岡山

その1　髙島屋大阪店、本社

【髙島屋に入社】

昭和33（1958）年4月1日、私は晴れて髙島屋の社員となり、大阪店に勤務となった。

入社試験は筆記試験、面接が全部で4段階にわたってあった。就職が厳しい時代でもあり、同期で入社試験を受けたのは五、六百人。そのうち合格したのは40人ほどという狭き門だ。私は厳しい試験をくぐり抜けて、自分の力で合格したと思っていたが、今思うと、私の実家が髙島屋の重役や関係者とかなり強い縁があったことが、就職の助けにならなかったはずはない。

まず、当時、髙島屋の副社長に渡辺治三郎さんという人がいた。渡辺さんも甲賀の出身で、この人の姉が、かつて私の実家に行儀見習いに来ていたことがあり、それ以来のご縁で父が親しくしていた。

「行儀見習い」というのは、かつて良家の子女の教育方法の一つとして行われていた習慣である。結婚前の女性が自分の家と同等か、あるいはより格式の高い家にお手伝いさんとして数カ月間奉公に出て、行儀作法や家内一般を取り仕切る方法を学ぶのである。私の2番目の姉・明子も、京都の羽振りのいい駅弁の会社の社長宅に行儀見習いに行き、その甲斐あって大企業の社長の息子と結婚した。

渡辺治三郎さんは2万人も従業員のいる会社の副社長なので、大変偉い人だったのだが、父にとっては自分の家のお手伝いさんの弟なので、気安く「じっさ、じっさ」と呼んでいた。後に私の結婚式の仲人をしてくれたのも渡辺さんである。

また、父の代のことだが、伊賀の服部家から鵜飼家に縁づいてきた人がいた。その人の弟は服部省吾さんといい、髙島屋の人事部長をしていた。ちなみにその兄の服部達吉さんは、京都工芸繊維大学の学長を務めた人である。

さらに、姉・明子の夫・三大寺泰敏さんの母親は、髙島屋創業者の一族である京都の飯田家の家庭教師をしていたことがあり、そんなご縁もあった。

そもそも私が就職先に髙島屋を選んだのは、こうした古くからのご縁があってのことだが、ほかにも縁故のある百貨店に就職の話があった。昔、京都物産館から始まり、後に岐阜にも進出した丸物という百貨店があり、その経営者と鵜飼家は心安い仲だった。しかし、髙島屋は規模が大きく、当時、東京、大阪、京都に店舗があり、宮内庁御用達でもあったので、そちらの方が断然魅力があった。結局、私は丸物を受けなかった。受けたら間違いなく合格していただろうが、丸物が後に倒産したとき「行かなくてよかった」と、胸をなで下ろした。

【老舗百貨店】

髙島屋に入社して少したったころ、分かったことがある。髙島屋の警備員には警察のOBが何人かおり、ある日、宿直の警備員から話し掛けられた。

「鵜飼君、君が入社する前、君の家に調査に行ったことがあるよ」

老舗百貨店の髙島屋は、宮内庁や政府の関係機関との取引も多く信用第一なので、社員の採用には細心の注意を払う。生まれ育ち、教育、近所のうわさなどをできる限り調べる。その警察OBの警備員も、私の故郷の甲賀まで行き、家の様子を見たり、近所に問い合わせをして回ったりしたそうだ。

実は髙島屋のルーツは滋賀県にある。江戸時代後期、近江国高島郡（現高島市）出身の飯田儀兵衛が京都で米穀商「髙島屋」を営んでいた。その養子の飯田新七がその近所に古着と木綿の店「髙島屋」を分家として開業した。古着の着物、足袋、帯などを扱ううち、嫁入り道具のたんす、長持ちなども多く扱うに至り、後に百貨店をつくった。その後、大阪、東京などに店舗を増やしていった。

ＮＨＫ大河ドラマの主人公にもなった明治・大正の実業家・渋沢栄一は、慶応３（１８６７）年、徳川慶喜の弟、民部公子のお供をして初めてパリに行く。このとき初めて日本からの公式出品として、幕府、薩摩藩、佐賀藩から出品されたのだが、その18年後には、高島屋も明治18（１８８５）年のロンドン万国発明品博覧会に一民間商店として日本の織物や漆器を出品していた。それほど高島屋は進んでいた。

現在も老舗百貨店として、高島屋は宮内庁、国会議事堂など政府関係の機関や施設、財界のトップなどとの取引が多い。珍しいところでは、これは私の娘が裁判官だったときに知ったのだが、裁判官が身につける法服も手掛けている。布地はシルクで、１着16万円するそうだ。

【江州商人】

大企業には、滋賀県にルーツやゆかりを持つものがかなりある。近江の人間は商売上手で昔から知られている。

江戸時代から、滋賀県の東部、湖東地方出身の商人を江州(ごう)商人「江商」と呼んだ。江州商人は地方の産物を上方で売り、また上方の産物を地方に持って行って売る。余っているところから安く仕入れ、足りないところで高く売る、という合理的な方法で販路を築き、出店も広げていった。こうした商法を支えたのが、江商の情報収集力である。

中でも、近江日野出身の商人を日野商人と呼び、小規模ながら出店数は大変多かった。日野は漢方薬の製造・販売を得意として大きな利益を上げた。私のルーツは甲賀忍者だが、江州の近江忍者とも思っている。日野の人を「日野忍者」とは言わないが、甲賀忍者と同様、行商をしながら全国各地の情報を集めることにもたけていた。

滋賀県は大きな県ではない上にぐるりと山に囲まれ、真ん中の6分の1が琵琶湖なので、田や畑にする平地は少ない。土地を受け継ぐのは長男と決まっており、次男以下ほかの兄弟は家を出て行く。もし、土地を兄弟で分けると、2代、3代後には小さな土地しか所有しない水呑(みずのみ)百姓になってしまう。それを避けるため、一族の元となる家は大きいまま長男が引き継ぎ、財産をしっかり守る。すると、その家は大きいまま存続、家の格を保つことができる。元の家の格が守られていると、そこから出た次男以下、兄弟たちも家を誇りに思い、自分も負けないように勉強し商売に励む。そのようにして成功した江商は多い。

滋賀県出身の創業者を持つ大企業には、総合商社の丸紅、伊藤忠、西武鉄道グループなどがある。また、高島屋と並ぶ老舗百貨店の大丸の創業者は京都出身だが、経営陣には滋賀県出身者が多かった。

西武の堤さんの実家とは父が仲良くしていたので、私も父に連れられて何度か行ったことがある。近江八幡の、蔵が三つある立派な家だった。姉・明子の仲人が丸紅の会長だったのも地縁によるものである。

情報が商売をつくる

滋賀県東近江市に阿賀（あが）神社というお宮さんがある。「太郎坊（たろうぼう）さん」、「太郎坊宮（ぐう）」などと呼ばれている。

太郎坊宮のある赤神山は古くから霊山とされ、ここで修行をする修験者が多く現れた。修験者らはここの守り札を売り歩いた。

お札というのは最も付加価値が付く商品である。品物自体は木片や紙片に墨で神社の名前を書き、ハンコを押してあるだけのものだ。それが神様のお守りとしてありがたがられ、原価の何倍もの値で売れる。

さらに重要なのは、お札の行商をしながら各地の情報をじかに集めてくることだ。これは甲賀の人間が、薬売りをしながら情報を得たのと同じやり方である。

私は高校を出てすぐ就職したので、ビジネスについて特別専門的な勉強をしたわけではない。しかし、学校で教わる人は皆同じ知識、同じ情報を持つ。誰もが知っている情報だから、それ以上の価値はない。新聞に載った情報も同じである。皆が知っているので、共通認識をつくるだけの情報になり、価値のある情報ではなくなる。だが、甲賀忍者が集めたような、誰も知らない情報には価値が生まれる。それを生かせば、ほかの誰も気付かないところに商売が生まれる。

今日、ビジネスに成功している世界中の富豪の共通点は、インターネットによる情報力を最大限に生かして商売をしていることだ。

インターネットの発達で70億の人間がどこでも情報を見られる。昔なら、行商してそこに行かなければ手に入らなかった情報が、居ながらにして手に入る。大事なのは、どの情報を組み合わせて商売につなげるかである。

そして、スピードが極めて重要な時代になっている。必要な物は出向かなくても、どこからでも、しかも速く買えるシステムを作る。誰でも利用できて、しかも速い、というのが商売の成功の重要な要素である。

今の商社も昔の商売も、情報をうまく利用することが成功につながるという点では一緒である。

【大学卒業】

私は膳所高校を出て、すぐ高島屋に就職した。狭き門をくぐって社員になったものの、高島屋のような大きい会社では、高卒か大卒かでその後のコースががらりと変わってしまう。そこで勤めながら単位を取って卒業できる、関西大学経済学部の二部（夜間）に入学した。

学科の単位は順調に取れたが、百貨店は土日、祝日が忙しいため、普通の勤め人が休みになる日に行われる体育の授業を受けられない。それで体育の単位が足りないので、留年ということになった。

がっかりして、当時、私の上司だった村井兼一部長にそれを報告したら、村井さんがそれを重役に告げ、その重役が大学に電話をして掛け合ってくれた。「高島屋で社員運動会に参加しているし、鵜飼君はテニス部にも入っているから、それで体育は十分だ」というようなことを言ってくれたようだ。それが認められて落第が卒業に変わった。おかげさまで４年で卒業することができた。

【最初は婦人服地担当】

百貨店のメインのお客さまは女性、売り上げの主力は婦人服である。婦人服のマージンは一番大きく、販売価格の30％から40％。紳士服はその次だが、紳士服のお客さまは数が少ない。婦人服と紳士服の売り上げは3対1ぐらいである。だから、婦人服が売れないと百貨店にとっては大きな痛手となる。それに対して食料品はマージンが10％から15％。コロナ禍で食料品売り場を閉めることになっても、それほど慌てないのにはそうした理由がある。

社員としての出世コースの1番は婦人服担当で、食料品や家具などは2番手、3番手となる。私は幸い、髙島屋に入社してからずっと、その出世コースを歩かせてもらった。

最初は婦人服地の売り場に配属された。百貨店は服地を50メートルの反物で仕入れる。私の仕事は、まず、巻いてある服地をほどき、「メジャー」という目盛りのついた紙のテープを挟みながら巻き直す。そして値札を付ける。

半年ぐらい服地ばかり触っていると、触っただけで生地の素材がシルクかウールかナイロンか、あるいは綿とポリエステルが何％ずつなど、コンポジションも分かるようになる。値段もすぐに見当が付くようになる。

大阪本社には商品検査室という部署があり、粗悪な品質の商品を売らないように厳しくチェックしていた。高島屋各店舗からさまざまな商品が送られてきて、大学の工学部、理学部などを出た、資格と知識のある社員が検査をしていた。食料品、例えばハムなどの加工品も必ず検査された。「売り場の商品は絶対お客さまを裏切らないように」、という方針だった。私は「さすが高島屋」と思った。

例えば婦人服だと、何枚か仕入れたうちの1着を商品検査室に持って行く。そこで検査室の担当が生地の一部を切り取り、燃焼試験をする。ウール表示なのにポリエステルが混じっていないか、コンポジションが表示の通りか、などを確認するのである。羊毛を仕入れたつもりが、検査ではねられるようなこともよくあった。また、生地に紫外線ランプを何時間か当てて、退色しないかどうかを検査した。特にターコイズブルーは太陽光に当たると退色して黄色くなりやすいので、よく検査で引っ掛かった。

私の担当は初め国産生地だったが、次は輸入生地を担当した。ちなみに、イタリア製など外国製の生地の品質が、必ずしも日本製のものより良いわけではない。上司が海外旅行をしたいので、仕入れに外国へ行き、服地を買ってくるということがよくあった。持ち帰ったものをよく見ると日本が輸出したものを買って帰ってきた、という笑い話のようなこともあった。

【別世界のオーダーサロン】

次に配属されたのはオーダーサロンだった。デザイナーが二十数人おり、その主任をさせてもらった。髙島屋のチーフデザイナーは地位が大変高く、兵隊でいえば佐官より上の少将ぐらいに相当する。待遇がいいので、毎日、京都からタクシーで通っている人もいた。

洋服をオーダーするお客さまはお金持ちばかりなので、売り場の雰囲気もほかとは違う。大阪店のオーダーサロンは、フランスのルイ王朝の宮殿さながらの内装と調度品を備えていた。座面と背がゴブラン織で優美な猫脚の付いた、一脚何百万円もする椅子がずらりと並び、天井からは何千万円というシャンデリアが下がっている。そんなところでお客さまのオーダーを取り、服を作るのである。

私たち店員の給与が2万円台の時代、1着30万円とか50万円、つまり、私たちの年収ぐらいの服を作るお客さまが何人もいるのには本当に驚いた。

もっとびっくりしたのは、当時、非常に成功していたある紡績会社の社長令嬢の新婚旅行用衣装のオーダーを受けたときだ。新婚旅行は海外何カ国かを巡る日程で、その日程に合わせ、泊まるホテル、観光、パーティーなど、オケージョンごとに服装やアクセサリーを決め、衣装をあつらえた。昼間の服、乗馬服、夜のパーティーと、１日分でも何着か用意し、それにミキモトの真珠のアクセサリーを別注するというぜいたくさだった。また、着付けのために、担当のデザイナーが旅行にお供することになった。当時は海外に行くのに１人何百万円もかかる時代だったが、そんな桁違いのお金持ちがいた。

本当のお金持ちはふだんあまり百貨店に来ないで外商担当が家を訪問し、注文された品を届けるのだが、オーダーサロンにだけは裕福な有名人がたくさん来ていた。

私はここで、それまで知らなかったことをいろいろ学んだ。オーダーサロンに勤めていると、私たち店員も身だしなみには常に気を遣わなければならない。私も安月給の中から、英国のドーメル（Dormeuil）社の最高の生地で自分の服をオーダーしていた。このとき知ったのは、仕立ての良いオーダー服は立体裁断なので、多少太って体型が変わってもずっと着られることだ。

良いオーダーメードの服を見分けるには、まず、良い反物の生地の縁には銘柄がついているので、どこの生地かを見る。また、仕立ててからでは入れられない部分に、織ネームが付けられるのでオーダーメードだと分かる。

飛行機に乗ると、アテンダントが「上着を掛けましょうか」と声を掛けてくれるときがある。アテンダントは上着を掛けながら、着ているものでお客の値踏みをしているのである。上着がいわゆる「首つり」の既製服かオーダーかでお客の扱いが変わる。ネームが入っていても、既製服に後から入れたものか、仕立てる前の生地に入れたものかは見れば分かるし、使われる生地のブランドも確認できる。

また、私は婦人服の担当で毛皮も扱ったが、毛皮のコートでもフランスのレビオン（Revillon）など、欧州の一流ブランドだと、機内での応対はぐっと良くなるだろう。

【髙島屋と宮内庁】

髙島屋東京店の外商に、「宮内庁課」があり、課長は元華族ということだった。ふつう、一つの課には20人ぐらい社員がいるが、宮内庁課には4人しかいなかった。出張で東京店に行くと、課長はいつもたばこを吸ったり、新聞を読んだりしていて、それほど忙しそうではなかった。こんなことを言ったら叱られるが、髙島屋は「宮内庁御用達」専用の職員を抱える余裕があるのだなと思った。

天皇家のパレードをするときには、皇族の車が何台も並ぶ。皇族の乗られた車に立てられる小旗はそれぞれの家でデザインが違う。それを織っているのは、髙島屋の子会社で、大阪に本社を置く住江(すみのえ)織物である。

私は住江織物の重役とも親しくなり、そのつてで宮内庁が管理する桂離宮、修学院離宮、京都仙洞御所などの庭園を、家族ともども、一日で回らせてもらったことがある。髙島屋が宮内庁と仲良くしているおかげで、私もいい目を見させてもらった。

入社した翌年の昭和34（１９５９）年4月21日、当時の皇太子明仁さまと美智子さまのご成婚、結婚式が行われた。その何日か前、私は髙島屋の店員として美智子さまのウエディングドレスを運んだ。そのドレスは、東京田中千代服装学園（現渋谷ファッション&アート専門学校）の創立者である服飾デザイナー・田中千代さんの製作したものだった。

ドレスは、まだ新幹線がなかったころなので、夜行列車で運ばれた。世の中、自分の知らないところがたくさんあるものだと感心したのだが、大阪駅には皇族だけが使われる通路があり、壁も床も白の大理石でできている。普通は下っ端の社員などが通れないところだろうが、駅長室からそこを通ってドレスを運んだ。私たちは白い手袋をはめ、ドレスの入った段ボールの大きな箱を息も掛けてはいけないとばかり、ひつぎを担ぐようにうやうやしく高く担ぎ、かしこまって運んだのを覚えている。

【レミントンのコンピューター】

オーダーサロンの次は大阪本社の商品本部勤務となった。ここは髙島屋全店舗の仕入れの元締めとなる部署である。ここでも私の担当は婦人服、そして子ども服の仕入れだった。

当時、髙島屋は百貨店業界で初めて、大型コンピューターによるＰＯＳ（point of sale）システムと呼ばれる商品管理を導入していた。買い入れたコンピューターはレミントン・ランド社製で、価格は８千万円と言われていた。

ＰＯＳシステムは販売時点での在庫、売り上げ情報を自動的に管理する方法である。商品の値札に半券を付け、それに色、サイズ、値段、仕入れ時期などの情報を記号と番号で記しておく。商品が売れたときに半券をちぎって保管し、それをまとめてコンピューターに読み取らせて処理すると、売れた商品の種類、数、時期などの一括データを作成することができる。大阪本店には全国の髙島屋から半券が送られてきて、それを処理し、全店舗のデータを出していた。

ＰＯＳシステムのメリットは、どのような商品がどれぐらい売れるか、また、売れる時期などの傾向を客観的につかむことができることだ。それを人間の目で見るだけで正確に判断するのは難しい。

例えば、婦人服なら１００枚のブラウスのうち、赤色とベージュ色が何枚か売れたとする。赤は目立つので赤がよく売れたという印象を売り場の店員が持っていたら、実際には赤は5枚売れただけで、ベージュ色がその4倍の20枚売れていた、ということが起こり得る。ＰＯＳシステムを使えば、このような思い違いを避けることができるので、効果的な販売戦略が可能になる。

このＰＯＳシステムの責任者が、商品本部長の村井兼一さんだった。村井さんはＰＯＳシステムを駆使して、百貨店では最初に大量発注、大量受注、大量生産を可能にした人だった。

高島屋のＰＯＳシステム導入は、業界では先駆的だったので、村井さんはよく大阪既製服組合などの業界団体に講演に呼ばれた。

村井さんは講演を頼まれると、部下の私に「原稿を作っておけ」と指示した。そこで私はデータを集め、徹夜で原稿を作った。翌日、村井さんがそれを持って講演に行き、当時のお金で10万円ぐらいの謝礼をもらってくる。その中から「半分は鵜飼君のものだ」と、5万円、6万円という「分け前」をくれるという太っ腹ぶりだった。当時給料が2万円ぐらいの私には本当にうれしかった。

残業についても、もう一つうれしかったことがある。

大阪本社では役員会など偉い人の集まる会議が多かった。会議に食事を出すときは、料亭から料理を配達してもらった。1万円ぐらいする豪華な料理だが、会議のために残業している私たち社員にも、五、六千円もするそれなりの料理が届いた。今なら残業となれば、コンビニに弁当を買いに行くところだろう。

東京に出張すると、東京店の部長が「鵜飼君、来たか。これで2日間東京を勉強して来い」と言って、「万札」を渡してくれる、そんな今から考えたら夢のようなこともあった。当時は百貨店の売り上げがどれだけでも伸びていく、そんな最高の時期だった。

【シャープコンペット】

商品本部の村井部長の下で働いていると、各店の売り上げデータから売れた商品の比率、回転率などを計算し、分析して報告書にまとめなければならない。しかし、私が通っていた膳所高校は進学校だったので、そろばんができなかった。村井さんにそれを言うと、すぐに売り場に行って、最新式の電子式卓上計算機をポンと買ってくれた。それは、シャープのオールトランジスタ電卓「コンペット」ＣＳ－10Ａという機種で、値段は54万円ほど、当時の１３００ｃｃの自動車と同じぐらいの価格である。電卓と言っても、小型のタイプライターほどの大きさである。私の上席の課長は、手回しハンドルのついた手動の計算機でガチャガチャやりながら計算していたが、それでも１台３、４万円もする機械なので進んでいた方だ。私のような20代前半の若い社員に、年収の倍ほどもする電卓を買い与えるなんて、「村井さんは力があるなあ」と感心した。

村井さんは独身で、パートナーの女性はオーダーサロンのデザイナーの一人だった。村井さんは、仕事の後、難波球場の隣にあったゴルフの練習場（打ちっ放し）によく立ち寄った。私は村井さんの車に乗せてもらってお供し、村井さんが練習している30分ほど、待っていて、帰りには家まで送ってもらった。

村井さんには後年、高島屋岐阜店に呼び寄せられ、再び一緒に仕事をさせてもらった。公私にわたって本当にお世話になった。

【美智子妃のデザイナー・芦田淳】

昭和35（1960）年、髙島屋は芦田淳を顧問デザイナーとする契約を交わした。そのころ、彼はまだそれほど有名ではなく、会議のときは商品本部の私たちと一緒に食事に行った。

初めて会ったとき、芦田さんはキャメル色のカシミヤのジャケットを着ていた。「鵜飼さん、男のおしゃれは裏地にも気を遣わないといけないよ」と言って見せてくれたジャケットの裏地はエルメスのスカーフだった。彼からはいろいろなことを教えてもらった。

41（1966）年から、芦田さんは皇太子妃美智子さまの専任デザイナーになり、それから有名になった。

彼に聞いた話で印象に残っているのは、今の天皇陛下が子どもだったときのエピソードだ。芦田さんは当時、浩宮さまの服もあつらえで作っていた。仮縫いのとき、服を身体に合わせながら、布にまち針を打っていく。打ち終わって服を脱がそうとしたが、なぜかうまく脱げない。不思議に思ってよく見たら、布と一緒に肌の一部をまち針で留めていたのだった。普通の子どもだったら、まち針が刺さったら「痛い」と騒ぐところだが、親王は帝王学を学んでいらっしゃるので、泣き言は一切言われなかった、と芦田さんはものすごく感心していた。

彼は、私が後に岡山に転勤してからも会いに来てくれた。彼を料理屋に連れて行ったら、イワシの刺身を「おいしい」とえらく感激して食べてくれたことがあった。いろいろなことによく感激する人だった。

彼の東京の自宅に行ったことがあるが、玄関にイタリアの家具ブランド・カッシーナの椅子が置いてあった。背もたれの高い、黒い立派な椅子だった。

【ピエール・カルダン】

大阪店時代にピエール・カルダンのブティックを担当したことがあった。

彼は言うまでもなく大変有名なデザイナーで、２０２０年に98歳で亡くなるまで活躍していた。日本では、昭和34（１９５９）年に高島屋がピエール・カルダンのブランドと婦人服のライセンス契約をして、人気が高まった。

カルダンが日本に来たとき、私はフランス語が少しできたので、彼と同行の技術者らのアテンドをした。婦人服を担当すると、勉強のために読む雑誌は「ボーグ」などフランス語のものばかりだったので、それで自然に覚えたのと、心斎橋のフランス語教室できれいな女性が教えてくれるのでそこにも通った。また関西大学の第二外国語でフランス語を選択していた。片言のフランス語だったが、アテンドでフランス人と一緒にいるうち、何とか使えるようになった。

カルダンは服飾デザイナーだったが、彼のブランドは紳士服、子ども服から生活用品に至るまで何でも手掛けた。

ある晩、繁華街のニュー・ジャパンという「アルサロ（アルバイトサロン）」、今のキャバクラのような店に彼を飲みに連れて行った。そこにはボックス席がたくさんあり、真ん中がダンスフロアになっていた。アルバイトの女性が千人ぐらいおり、大変な盛況だった。

カルダンはその店が気に入ったらしく、「この店に私のブランド名を使わせてあげたいから、店のオーナーに話をしてきてくれ」と言った。カルダンの名前は世界中に売れているので店にとってもメリットになるし、カルダンにとってもブランド名を使わせることでロイヤルティーが入ってくる、というわけだ。

店のオーナーは丁重に辞退したが、私はカルダンの商売人ぶりに驚き、感心もした。

【妻との出会い】

私の父は、娘たちにはいろいろと芸事を習わせたが、息子たちには何もやらせなかったので、私は高校まではどちらかというとスポーツに打ち込んでいた。しかし、音楽も好きだったので、入社するとすぐ会社のブラスバンド部に入り、クラリネット、サクソフォン、トランペットなどを練習した。トランペットは音が大きいので家では練習できず、浜寺の海岸で練習したこともあった。歌うことも好きだったのでコーラス部にも入っていた。

当時は大きな企業や団体では、職場の余暇活動として音楽クラブが盛んだった。高島屋のブラスバンド部とコーラス部は、大阪府立大手前高校の先生の指導を受けていた。かなり上手だったので、御堂筋のお祭りのパレードや奈良県の橿原（かしはら）神宮の新嘗祭（にいなめさい）などのイベントに駆り出されることも多かった。

コーラス部の顧問は本社の人事部長だったので、メンバーは会社でも優遇されていたように思う。クラブ活動のいいところは自分の部署の外にも人脈ができること

浜辺でトランペット練習

だ。この世は何事においても人間関係が重要である。会社の中でも力を発揮するには仕事ができるだけでは不十分で、いろいろな人と付き合うことで、お互いにプラスの影響を与え合うことができる。数年前、クラブのOBが集まったが、会社のエリートだった人が多く、改めてそのことを確信した。

戦後の復興期から、約60年にわたり開催された「産業音楽祭」という全国規模の発表会があった。勤労者が合唱と器楽演奏を発表して交流する場で、髙島屋のクラブも、大阪フェスティバルホールで行われる関西大会（日本産業音楽祭関西委員会、朝日新聞大阪支社主催）に毎年参加していた。そのころの表彰状がまだ手元に残っている。

ある年、産業音楽祭の予選が、大阪の相愛女子大学（現相愛大学）という西本願寺系の大学を会場に行われた。そのとき、受付の係に私の注意を引いた女子学生がいた。とてもかわいかったが、言葉を交わすことなく、名前も分からないまま会場を後にした。それが和田和美、現在の妻との出会いだった。

3日ほどたったころ、地下鉄に乗っていたら、目の前にその女子学生がいた。すぐにそれと分かるほど彼女の顔は私の心に残っていたのだから、これは運命の出会いに違いない。

「産業音楽祭で見掛けました」と声を掛け、「せっかく会ったのだから、お茶でも飲みませんか」と誘った。要するにナンパしたのである。幸いナンパは成功し、心斎橋で地下鉄を降り、大丸の隣の喫茶店でお茶を飲んだ。

後に妻が言うには、「あなたは紺色のスーツに、えんじ色のナイロンのトリコット（たて編み）のセーターで、雨も降っていないのにこうもり傘を持って、英国紳士みたいな格好をしていた。えらい貧乏たらしいなあ、と思ったけれど、悪い人には見えなかったので付き合った」とのことである。

妻の実家の和田はかなり厳しい家で、夜のデートは許されず、私は日曜日に休めないので、頻繁に会うことはできなかった。仕方がないので、デート代わりに、中之島にあるレンガ造りの大阪市中央公会堂で毎週行われていた中国語講座を２人で受講した。一番後ろの席でおしゃべりばかりしていたので、1年ぐらい通ったが、覚えた言葉は「ニー

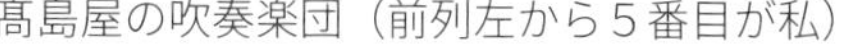
高島屋の吹奏楽団（前列左から５番目が私）

の二つだけだった。

日帰りでスキーに行ったり、琵琶湖でヨットに乗ったりもした。

スキーは当時、若者に人気のレジャーで、高島屋が従業員のためにバス4、5台を出し、兵庫県の神鍋山（かんなべやま）や滋賀県のマキノ高原へ連れて行ってくれた。夜9時ぐらいに大阪を出発すると、夜中にスキー場に到着する。民宿などで雑魚寝をし、朝7時ぐらいから午後4時ぐらいまで滑って帰ってきた。

同じく大阪にあったアパレル企業・レナウンは、当時「イエイエガール」のコマーシャルで若い女性に人気を博し、会社も勢いがあったのでスキーバスをよく出していた。私もレナウンのバスで連れて行ってもらったことがある。

膳所高校の先輩に川那辺さんという医師がいて、マキノ高原のスキー場の救急医をしていた。彼が大阪から救急車で勤務するのに便乗させてもらうこともあった。緊急でサイレンを鳴らして走ると、普通2時間かかるところを1時間で

スキー仲間と（左から2番目が私）

行けた。そういう場合は私もけが人を運ぶ手伝いをした。リフトに乗るにも、医療スタッフの腕章を付けていると、順番待ちの列に割り込んで乗ることができた。自分もスキーで何度もけがをしたが、幸い救急車で運ばれることはなかった。

川那辺さんは医師だったが、美術品にも詳しく、外国から仕入れをしていた。その関係で美術品の贋作（がんさく）についてもよく知っていた。例えば、ストラディバリウスのバイオリンが見つかると、ほかのバイオリンと組み合わせて１丁の本物から２丁の贋作を作る方法があるとか、新しい彫刻をローマ時代やギリシャ時代の彫刻に見えるように加工し、大学の先生と共謀して偽の鑑定をさせ、日本に本物として持ち込む場合があるとか、私の全く知らなかった世界のことを教えてくれた。

今思うと、いろいろな人にいろいろなことを教えてもらい、かわいがってもらいながら人生を過ごしてきた。

妻とは何年か付き合い、私が27歳、妻が24歳のときに結婚した。

【結婚】

昭和42（１９６７）年11月21日、大阪市中央区の浄土真宗本願寺派本願寺津村別院、通称「北御堂さん」で結婚式を挙げた。式をこの日にしたのは、妻の誕生日が

11月12日、私の誕生日が12月21日、両者に共通の数12を取り除いて、残った数字を組み合わせた。こうすれば覚えやすいので、将来、結婚記念日を忘れて、不仲になる心配もない。以来、21は私のラッキーナンバーになった。

北御堂さんは平成元（1989）年、松下電器産業（現パナソニック）創業者の松下幸之助の葬儀が行われた、御堂筋の辺りでは一番の大きなお寺である。妻が仏教系の学校に行っていたし、私の友人たちは神道やクリスチャンの結婚式ばかりで仏式の結婚式を挙げた人がいなかったのもあり、珍しさから仏式でさせてもらうことにした。儀式は神式とそれほど変わらないが、位の高いお坊さんは豪華な金襴緞子（きんらんどんす）の法衣を身に着けるのでとても派手な印象を受ける。また、雅楽の演奏があり、荘厳な雰囲気だった。

仲人は親戚の渡辺治三郎副社長にお願いした。渡辺夫人は妻の大学の先輩にあたるので、夫人と妻は意気投合し、以後、2人で結託して私を尻に敷くことになった。

渡辺さんに仲人をしてもらった高島屋社員が私のほかにも5、6人いて、時々渡辺さんが皆を招いて宴会を開いてくれた。そういうときはいつも、自分たちだけでは入れない宗右衛門町の高級料亭などの敷居をまたぐことができた。

渡辺さんは何事においても最高の生活をしていたので、お祝い事のお返しなどには最高級ブランドの茶器やお盆をくださった。ありがたいことこの上ないが、いいものをいただいても、こちらはそれに釣り合った生活をしていないので、もう人生も終盤にさしかかろうとしているのに、いまだにもったいなくて使えないでいる。

【娘の誕生】

昭和44（１９６９）年３月20日、長女の万貴子が生まれた。妻は岸和田の実家に里帰りしており、そこから病院に行って出産したので、正直言って父親の私にとってはいつの間にか生まれた、という感じだった。難波の会社から岸和田まで電車で30分ほどだが、夜、仕事の後で妻子の顔を見に通った。

同期の友人が占い師の先生に頼んでくれて、「まきこ」の名前を付けてもらった。漢字は私が考えた。当時は翌年の万博への期待で世の中が沸いていたので、「ま」は「万」、「き」の「貴」は私の故郷の貴生川からとった。

私は内祝いとして、仲人の渡辺治三郎さん宅に「鯛駕籠（たいかご）」を届けた。髙島屋の外商で建設会社の鴻池組、竹中工務店などを担当していたとき、祝い事のしきたりとして、お世話になった人に立派な鯛駕籠を贈るということを教えてもらっていた。建築関係の会社は縁起を担ぐのでいろいろなしきたりがあった。私は無理して、とびきり大きなタイとアワビ、それもおいしいというオスのアワビをセットにして、持って行った。仕事で学んだことを生かしたつもりで感謝のしるしに持って行ったのだが、後日、渡辺夫人に、さばくのが大変だったと怒られた。珍しい、高価な物だからいいと思っていたが、受け取った方のことを考えない浅はかな行いだったと反省した。

その2　髙島屋岡山店

【ひかりは西へ―岡山へ転勤】

博多を終点とする山陽新幹線建設が着工して5年後の昭和47（1972）年3月、山陽新幹線岡山駅が開業した。「ひかりは西へ」のキャッチコピーの下、日本中が「西へ、西へ」とアピールしていた。髙島屋も例外ではなく、48（1973）年の岡山店開店を決定した。髙島屋はビルの設計を、文化勲章を受章した建築家・村野藤吾氏に依頼し、開店準備には力が入った。

「ひかりは西へ」の気運と、岡山は果物がおいしい、魚がおいしい、という評判につられて、私も岡山に行きたくなった。そこで渡辺さんに願い出て、望みをかなえてもらった。

岡山転勤が決まり、私は大阪の髙島屋東別館に移り、岡山店開店の準備に当たった。48年5月に髙島屋岡山店がオープンした。同年9月、私は15年勤務した大阪を離れ、妻の和美、４歳の長女・万貴子とともに岡山に引っ越した。

当時、髙島屋では転勤者にとってありがたい制度が整っており、転勤先で家を建てる場合、住宅ローンを借りると、元金は自分で返さなくてはならないが、利息分を会社が全部負担してくれた。私は三男坊で土地や家を引き継ぐ当てもないので、土地を買って家を建てることにした。

岡山市北区の団地で一番大きい２００坪ほどの土地を買い、家を建てた。ローンの金利は5％ぐらいだったが、不動産価値は年に7％から10％上がるので、持っていれば何もしなくても金持ちになるという時代だった。

その家は岐阜に来たときも手放さず、年に一度ぐらいは見に行っていたが、ここ数年は足も遠のいてしまった。

【北海道に土地を買う】

昭和40年代後半は、第1次ベビーブーム世代による住宅・宅地需要の拡大と列島改造ブームによる投機的な土地の需要増大によって、地価は上がり続けた。そうした社会情勢に私も大きく影響を受け、行動に出たエピソードがある。

大阪店にいたころ、外商の美術担当の友達の顧客にある不動産業者の社長がいた。その人の兄はしっかりしたタクシー会社の社長で、信頼できる人だった。

その不動産業者から、あるとき、「北海道で土地を売り出す。限られた人にしか売らない」との話が飛び込んできた。49（1974）年9月だったと思うが、私とその友達、私の次兄の3人で見に行くことにした。

大阪からまず、当時の千歳空港まで飛び、そこから札幌飛行場に行った。札幌飛行場にはエゾマツの根巻き苗がずらりと並び、1本千円で売っている。案内をしてくれる人が、「見ていただく土地は、こういうものがいっぱい生えているところです」と言った。

札幌飛行場からまた飛行機に乗り、女満別まで行き、その晩は飛行場近くに泊まった。

翌朝、タクシーに乗り、時速100キロぐらいで飛ばしたが、道路がほとんどまっすぐなので、時速30キロか40キロの感覚である。雪の多い地方なので、冬期の除雪のため、道路の幅が大変広くとってある。視界には人っ子一人見当たらず、放牧されている馬や牛を時々見掛けるだけだ。約３時間走り、紋別町の雄武（ゆうむ）というところに着いた。

見渡す限りの原野を前に、「売りに出されている土地はどの辺りまでですか」と尋ねると、「見えないところまでです」という返事である。見ると、前日、札幌飛行場で見たのと同じようなエゾマツが案内人の言葉通り、いっぱい生えていた。１本千円だから、これが何万本も生えていたら何千万円にもなる計算だ。土地代はその何分の１かである。

「こんなに広かったら牧場ができる」と私の中で夢が膨らんだ。不動産業者の話では、牧場をするのなら、政府が農業振興のために10億円まで無利子で融資してくれるという。

「人を雇って、来る途中で見たような馬や牛を飼い、私は牧場主になったら楽しいだろうな」

そんな夢を抱いて、私と兄は２人でその業者から広大な土地を購入した。

その翌年、その土地購入に関して、所管の官庁から「国土法に反している」との連絡がきた。聞くと前年、つまり私たちが土地を買った年に国土利用計画法ができて、１万平方メートル以上の都市計画区域外、例えば原野のような土地を売買する場合、国の許可がいることになったとのことだった。驚いたが、正確には同法は49（1974）年6月25日公布、同年12月24日施行だった。購入契約書を見せたところ、私たちが購入した時点ではまだ施行されておらず、違法にならずに済んだ。

ほっとしたものの、別の問題で私の牧場主の夢は遠のくこととなった。後から知ったのだが、札幌飛行場に並んでいたエゾマツは、そういうものがいかにもよく売れているように見せるため、不動産業者が土地を買う人が来るのに合わせてわざわざ並べたのだった。雄武の土地はオホーツク海から冷たい風の吹く寒冷地なので、エゾマツはそれ以上大きくは育たない。つまり、並んでいたエゾマツは苗でも何でもなかったのである。そんなことは知るよしもなく、手の込んだ策にうまく乗せられてしまったわけだ。

当時は、国土法ができるぐらいだから、大きい土地の取引が盛んに行われ、それを規制するために国土利用計画法ができた。土地の売買が金もうけの道具になっていて、タクシー会社社長の弟の不動産業者も、だれかの私有地を買って転売していたのだろう。

その後、電力会社から、核廃棄物の処分場にしたいので売ってくれ、という話が来たが売らなかった。今も手つかずの原野のままだが、私にとっては月に土地を所有しているようなもので夢を与えてくれる。今後、あの土地で何が取れるか分からないではないか。

【先祖から受け継いだもの】

岡山に家を建てたとき、父が「金はないが、お前に駕籠を一つやる」と、江戸時代から伝わる武士用の御駕籠をくれることになった。しかし、そんなものを岡山の家に入れたら、８畳の間がいっぱいになってしまうので、実家に置いたままにしておいた。

その後、家を継いでいた長兄の娘が、三重県と滋賀県の県境の三重県阿山町（現伊賀市）の町長の息子と結婚した。その町長が町に物産館を建て、その中に資料として展示したいということだったので、父から譲り受けた駕籠を供託している。もう一つの駕籠は２番目の兄が譲り受け、別の一つは壊れてしまった。

岡山にいたとき、甲賀の実家に帰ったら、隣の畑から煙が上がっており、一番上の兄が何やらたくさんのものを燃やしている。見に行くと、昔の家の厨子、２階にあった長持ちやたんすなど古いものをつぶして処分しているのだった。貴重な古文書も処分されてしまった。

私は自分が運転してきたトヨタ・クラウンに載せられるぐらいの長持ちを救い出し、持ち帰った。つぶれてしまっていたのを修理し、漆を塗り、今も大事にしている。

長兄は三重大学と岐阜大学で農学を学んだ後、公務員になり、昭和47（1972）年の日中国交正常化後だったと思うが、農水省の職員として中国に農業指導に行っていたことがある。中国にいたときは、専用の秘書が付けられ、農業指導のため各地を回るときは、中国の最高級車「紅旗（こうき）」に乗って移動するという生活だったらしい。どの村に行っても学芸会のような歌や踊りで歓迎される。

そんなふうに1、2年、中国に滞在するうち、中国共産党の思想に感化され、帰ってきたときは「財産を個人が持ってはいけない。国に渡すべきだ」などと口にするようになった。私たちきょうだいには土産として赤いビニールの表紙の小さい本、『毛沢東語録』をくれて、「金持ち、土地所有は悪だ。家の財産は皆寄付すべきだ」などと言っていた。

兄が家に残された貴重な古物を処分していたのも、おそらくそういう思想に駆られてのことだったと思う。その熱は結局、1年もたたないうちに冷めたようだが、代償は大きかった。そのせいで鵜飼家は多くのものを失った。

私は9人きょうだいの6番目で、親からは命とげんこつ以外、何ももらっていないが、先祖さんの残してくれたものを大切にしているので、これまで先祖さんにずいぶん助けてもらったと思っている。最初は本当に貧しかったが、今はそれほど貧しくない生活をさせてもらい、毎日、感謝しながら暮らしている。

【君のひとみは10000ボルト】

岡山でも、私は婦人服を担当していた。初めは仕入れの担当、その後、管理部に配属になり、髙島屋全店の中で最も若い課長になった。

資生堂の化粧品のキャンペーンに合わせて、面白いイベントをやったことを覚えている。

話は大阪時代にさかのぼるが、オーダーサロンの主任をやっていたとき、デザイナーがお客さまのオーダーを取り、生地を伝票に付けて持ってくるが、それらの全てに目を通し、判を押すのが私の仕事だった。伝票は一日に100ぐらいもあった。そのとき、デザイナーはお客さまの人柄や私生活の出来事、ご機嫌など、さまざまな話をしていく。それを何年かやっているうち、同じような精神状態のお客さまの選ぶ生地には共通点があるのに気づいた。

例えば、何か病気の予兆のある人は紫色を好む傾向があり、病が治ってくると紫色から、青色や黄色に好みが変わり、それらの色のプリント柄になると、全快したとか、あるいは軽快したとか分かる。精神状態が、好む生地に表われることがままあるのである。

そうして、お客さまの体調や精神状態と、選ぶ色との相関関係のようなものがだんだん分かってきて、そのデータが私の中に蓄積していった。

岡山に行ってから、資生堂が「君のひとみは10000ボルト」と名付けたキャンペーンを行った。アリスの堀内孝雄の同タイトルの歌も大ヒットしていた。それに合わせて、店頭で女性客にアンケートに答えてもらうイベントを行った。担当したのはあるイベント企画会社で、そこの社長の太田さんに助けを求められた。

当時はコンピューターが徐々に普及し始めていたころで、店頭に大きなコンピューターとプリンターを置き、「色のコンピューター占い」をやる方法を考えた。やり方は、お客さまに用紙を渡し、「ブラウスで好きな色は」「スカートで好きな色は」「ハンドバッグで好きな色は」などの簡単な質問に答えてもらう。その答をその場でコンピューターに入力すると、「あなたの性格はこうですね」「あなたはこういうことが好きですね」「あなたにはこういう色が似合います」「あなたに似合う口紅の色はこれです」「こういうことをするといいでしょう」などの「占い」の結果がプリントアウトされて出てくる、というしくみである。

この占いの判定を出す基となったソースは、私がオーダーサロンやそれまでの婦人服売り場で得たデータを分析して作ったものだった。

このコンピューターシステムを持って太田さんの会社は全国各地を回り、約3千万人分の回答を得た。それによって、さまざまな地域や気候の条件によって色の好みが違うことがわかり、色の好みについての大量のデータを得ることができた。資生堂は私の作ったコンピューター占いに対し「お金を払う」と言ったが、私は「お金はいらないからデータをくれ」と頼んだ。それで、地域別、年代別などで分けた、色の好みについての大量のデータを手に入れた。それを基に、「商品を作るとき、どういう人がターゲットだと、どういうものを作ると売れるか」という予測ができるようになり、それが後にマーチャンダイジング（商品化計画）のアドバイスをする上で役に立った。

【山本寛斎】

岡山では、世界的なデザイナーの三宅一生、山本寛斎のブティックを担当した。特に山本寛斎は、大阪より西では最大の店を作った。それはつまり、お客さまが岡山だけではなく、九州、四国、中国地方から来るということである。

山本寛斎の新しい服がファッション雑誌に載ると、寛斎ファンのお客さまから雑誌に載っている寛斎ブランドの連絡先に問い合わせの電話がかかる。

「雑誌に載った服を買いたいのですけど」

「どこにお住まいですか」

「九州です」

「では岡山にあります」

そんなやり取りがされ、お客さまは岡山の髙島屋に買いに来る。そのため、できるだけ何でも置けるように、広い場所を取った。

そんな厚遇のおかげか、寛斎さんがコレクションのショーを開くと、私は一番良い席に座らせてもらった。ランウエーの真ん中辺りの、すぐ下の席である。

ショーが終わると、ほかの客たちはすぐに帰るが、私は寛斎さんの社員と一緒に打ち上げパーティーにも参加させてもらった。華やかなモデルさんたちと一緒に食事をしたり、お酒を飲んだりできるのだから楽しかった。ファッションショーの出張のときは必ず1泊して、付き合わせてもらった。

ある打ち上げのとき、寛斎さんの社員らも同席する中で、大阪時代にアテンドしたピエール・カルダンの話をした。彼がブランド力をいかにうまく利用して、多彩なビジネスに成功しているかを語った。

当時、寛斎さんのブランドは女性の、いわゆる「ヤング」向けの服だけを作っていた。「せっかく有名なんだから、男物や子ども服、雑貨も作れ」と熱を込めてしゃべった。

その後、山本寛斎のブランドは、紳士服、寛斎アンファン、つまり子ども服、魔法瓶などの家庭用品、ステーショナリー、と手を広げていった。寛斎の名前をいろいろなところに使い、売り上げがどんどん伸びていった。

山本寛斎さんが作ってくれた
オリジナルジャケット

また、資生堂のキャンペーンで得たデータの分析に基づいてアドバイスをすると、寛斎さんはマーチャンダイジングにそれを生かし、成功した。

後に私が岡山から岐阜に転勤するとき、「鵜飼さんにお世話になったから」ということで、彼のオートクチュールで服を1着作ってくれた。新幹線のブルーで、背中にフェイクファーのキツネがへばりついた、いかにも寛斎らしい個性的なデザインのジャンパーが届いた。ありがたかったが、正直なところ恥ずかしくて着られないので1回着ただけでしまってある。

令和2（2020）年、寛斎さんが76歳で亡くなったとき、手紙と香典を送った。彼の弟が社長をやっており、お礼の手紙が来た。寛斎さんは子どものころ家族と岐阜に住んでいたことがある。寛斎さんは少し変わっていたが、弟は普通の人で以前、岐阜で会ったとき、「昔、岐阜にいたとき、岐阜駅近くの旅館の娘さんがとても好きだった。今、彼女がどうしているか、調べてくれないだろうか」と頼まれたことがあった。結局分からなかったのだが、50年も60年も前のことを思い出してそんなことを言う、純情な人だった。

【三浦和義】

米国・ロサンゼルスで1981年に起こった殺人事件にまつわる「ロス疑惑」は、被害女性の夫による保険金目当ての殺人ではないかという嫌疑が掛けられ、最後は米国で逮捕された容疑者が留置施設で自殺するという幕引きとなった事件である。

その三浦和義容疑者と、私は一時期、親しくしていたときがあった。

高島屋岡山店で、私はヤングの衣料も担当していた。若い人たちには、大手のブランドではなく、東京・原宿の歩行者天国で踊っていた「竹の子族」のような、名前はないがファッション性の高い、一風変わった衣装を好む人が多かった。ファッション担当は、常に情報のネットを張って、どこで何が売れているかをいち早くつかんでいなくてはいけない。三浦和義も私のネットに引っかかった一人だった。

彼は実業家で、ファッション衣料や雑貨の商売をしていた。「キャンプ・ビバリーヒルズ」というブランドを作り、オリジナルの商品を売っていた。その手法はかなり変わっていた。

ロサンゼルスの高級住宅街ビバリーヒルズでは、ボタンが一つ取れてなくなってしまった服や、使わなくなったしゃれたアクセサリーを捨ててしまう人がいる。そういう金持ちが捨てたものを、安く雇った浮浪者などに集めさせ、日本の工場に持ち帰り、修理して売ったのだ。ジーンズはリーバイスなど名前のあるものを集め、きれいにして、アンティークとかヴィンテージと称して何万円という値段を付けて売った。元々、仕入れはただのものばかりである。

さらに不思議だったのは、普通に輸入すると税関を通さないといけないが、米軍をうまく使って軍の飛行機で運ばせたことである。どんな裏道があったのか分からないが、とにかく流通の裏をよく知っている人だった。忍者の血を引く私も裏の道が嫌いではないので、興味を持った。

私は髙島屋のファッション責任者として、東京・新宿の伊勢丹本店の三浦のショップを見に行った。そこは1階の、店内でもかなり大きなスペースを占め、衣類やアクセサリー、雑貨など個性的な商品がたくさん並び、ものすごくよく売れていた。彼は伊勢丹のファッションコーディネーターの肩書きも持っていた。

私は頼んで彼のブランドの商品を仕入れ、常設店ではないが、ヤングバザールと銘打って催し場で売った。仕入れに行くと変わったものがいっぱいあった。彼は自ら陶器の会社フルハムロードを作り、陶器のアヒルの中に明かりを入れたあんどん、ペンギンの形のライト、便器の形の灰皿など、ポップなデザインのものをいろいろ作った。

私が初めて東京に仕入れに行ったとき、彼が駅まで車で迎えに来てくれたのだが、その車が古い日産のセドリックだった。「鵜飼さん、私、今度ベンツを買うからね」と宣言した。次に行ったときは、ちゃんと超高級車のベンツで迎えに来てくれた。言った通りに実行していくので、すごい人だなと思った。

昭和55（1980）年、私が岐阜に転勤したばかりのころ、彼が岐阜に一日、遊びに来たことがあった。彼は朝から晩まで髙島屋にいて、昼食、夕食を一緒に食べながらいろいろと話をした。彼は、近いうちに米国へ行く計画を立てていて、私に「一緒に来ないか」と誘った。私は「行く」と返事をしたのだが、そのころ人事異動で婦人服担当の社員が全員交代してしまい、私が旅行でいなくなると職場が回っていかない状況だった。上司にも許してもらえず、結局行けなかった。

その翌年、ロサンゼルスで彼の妻が撃たれるという事件が起こった。髙島屋の取引相手だったので、日本に移送された重傷の彼の妻を、私の上司の部長がシルクのガウンを持って見舞いに行ったのを覚えている。

しかし、その後、「三浦が保険金目当てに妻を殺害させたのではないか」というマスコミ報道が騒がしくなった。ちょうどそのころ、髙島屋岐阜店は彼のショップを開設していたが、一日でそれを撤去した。百貨店は店や商品の信用に傷が付くことに対して極めて敏感なので、彼の商品を扱っていた痕跡を全て消し去った。

振り返ってみると、彼はものすごく調子のいい男だったという印象が残っている。法律を熟知し、商売に関してはやり手だったのは間違いないが、裏では実際、何をしていたのか分からない。付き合っていたときは、殺人に関わるような人とは全く感じられなかったが、彼と一緒に米国旅行に行っていたら、と思うと落ち着かない気分になるのも確かである。

【「岐阜に来てくれ」】

昭和55（1980）年7月、岡山で会社の店長会が行われ、久しぶりに大阪でお世話になった村井さんに会った。村井さんはその3年前に開店した岐阜店の店長になっていた。

村井さんは「岐阜は婦人服の産地で、駅前に大きな繊維問屋街があり、そこで安く買えるので、百貨店では婦人服が売れない」と困っている様子だった。百貨店で利益率の一番高い婦人服が売れないと、ダメージは大きい。

「鵜飼君、岐阜に来て助けてくれないか」

村井さんのその一言で、私は岐阜に行くことに決めた。

異動は普通春に行われるが、私は村井さんとのやり取りの後、まもなく9月1日付で異動することになった。

髙島屋岐阜店での勤務が始まる前だったと思うが、村井さんは岐阜店の社員全員を屋上のビアガーデンに集めた。社員が約800人、派遣社員が約800人の計

１６００人ぐらいの前で、私を新しく着任する課長として紹介してくれた。ビールは皆に無料で振る舞われた。

私は当時40歳で、恩義があって、尊敬もしていた村井さんに呼ばれたので岐阜に来たが、自分の役目を果たしたら家のある岡山へまた戻るつもりだった。それが住んでみたら良いところだし、気ままができるし、ずるずると長居をすることになってしまった。

生き残る方法

岡山の家に花を植えていたのだが、最近行っていないので知らないうちに育って花をつけ、枯れて種を落とし、また土の中から芽を出す。それを繰り返している。

ヒナゲシは、以前は草丈が七、八十センチあった。しばらく放っておいたら不思議なもので、10センチぐらいに育つと花を咲かせ、種を作るようになった。植物は肥料が足りなくなり、生育条件が悪くなると、すぐに子孫を作ろうとする。草丈を小さくして早く種を残し、その悪条件下を生き残る。そして良い時代が来ると、再び大きく育つ。

これは動物にも当てはまる。大きい動物は、子どもを産むサイクルが長い。小さい動物は短い。短い代わりに一度にたくさんの子を産み、それを繰り返して個体数を維持する。

ゾウの脈拍は遅い。ネズミの脈拍は速い。しかし、一生の間に脈を打つ回数はどちらも変わらない。脈が速く打つと、速く一生は過ぎていってしまう。同じように自動車のタイヤは高速回転したらそれだけ早くすり減ってしまう。ゆっくり回転させると、長持ちする。

長良川にいる鮎は、自分の縄張りにほかの鮎が侵入すると、体当たりして追い払おうとする。それを利用するのが友釣りである。しかし、縄張りを守るストレスで鮎は1年で死んでしまう。それに対して、郡上の上流などにいるオオサンショウウオは、たとえ攻撃されて体の一部がちぎれても、そこから再生して、150年ぐらい生きる。オオサンショウウオは半分裂かれても生き残るので「はんざき」という異名を持つ。

人生、ネズミの生き方とゾウの生き方、鮎の生き方とオオサンショウウオの生き方の、どちらが良いかと言われたら、できるだけのんびりゆっくり生きる、ゾウやオオサンショウウオの生き方が良いように思う。

人生はいかに生き残るか、ではないだろうか。名を成して早くつぶれるより、できるだけ長く生き残ることが、一門として大切ではないかと思う。

「出る杭(くい)は打たれる」で、あまり目立つと必ず攻撃の的となる。日本の歴史を振り返ってみると、日本の目立つ建物で代表的なのはお城だが、お城に住んだ城主はやがて必ず攻撃され、消えている。大きい会社も大きいままだとつぶれる。分社するなどして、小さい会社のかたまりにすると生き残りやすい。

目立たないのが一番の生き残り術である。これは忍者の生き方と同じだと思う。忍者は敵としてマークされないよう、常に表に出ないように活動していた。

私は人の考えつかないようなことで商売をさせてもらってきた。物の流れを見ると、川上から川下に流れるように、生産業者から消費者までの流れがある。その流れをよく観察して整理し、途中を飛ばしたり、縮めたり、あるいは伸ばしたりしてみると、新しいビジネスが生まれてくる。それらは大きな「面」のビジネスとはならないが、隙間のビジネス、ニッチビジネスのほうが生き残りやすいと思う。

大きい恐竜は６６００万年前に絶滅してしまったが、恐竜より古く３億年ぐらい前から存在しているゴキブリは、ちっぽけで目立たないようにまだ生き残っている。

第３章

高島屋の忍者——岐阜

【婦人服が売れない】

婦人服担当の課長として髙島屋岐阜店に赴任すると、私の席は部長の隣に用意されていた。しかも、椅子は部長の椅子より立派だった。係長は肘なし椅子、課長は肘付き、部長は分厚い肘付き、店長はさらに分厚い布張りと、職位によって椅子が異なるが、実は私の場合は副店長の席が空いており、椅子が余っていたのでそれがあてられたのだった。名刺も既にできていた。着任前には村井店長に屋上のビアガーデンで歓迎会も開いてもらっていた。サラリーマンは上司にかわいがってもらうと大変居心地がいいものである。

岐阜店が開店したのは昭和52（1977）年で、私が赴任したのは開店後3年ぐらいたったころだった。終戦直後の駅前ヤミ市の古着販売から始まって、一大既製服産地に発展した岐阜市には駅前に大きな繊維問屋街があり、高価な百貨店の婦人服は伸び悩んでいた。

そんな窮状を訴えて、私を呼び寄せてくれた村井店長の期待に応えなくては、という思いで私は岐阜の街をくまなく回った。

当時、問屋街に衣服関連の製造業者が1600軒ほどあった。これらの業者がはやりのファッションの知識をどうやって得るかというと、人気のＤＣ（デザイナーズ・アンド・キャラクターズ）ブランドのビギ、ニコル、インゲボルグ、ピンクハウスなどの服を東京に買いに行っていたのである。

それなら、高島屋では一般の人ではなく、この人たちに見本としてＤＣブランドを売ったらどうだろう。東京まで行かなくても、岐阜で人気のＤＣブランドが手に入ればありがたいはずだ。単純に計算すると、１６００社かける春夏秋冬の４シーズンで、１年に６４００着になる。たとえ全部の業者でなく、その半分が買ったとしても３千着は売れる。はやりのブランド商品は一般のものより値段が高く、ジャケット、ブラウス、スカートなど一式買うと３万円から６万円はするので、売り上げは一気に増えることになる。

こうした発想から、百貨店にＤＣブランドのショップを入れることを考えた。このアイデアを村井さんに話すとき、まず「僕の好きなようにさせてください。その代わり絶対売り上げを作ります」と前置きして、私の考えを説明した。

村井さんは私の話を聞き終わると「好きなようにしなさい」と言ってくれた。

【社員をDCブランドショップに派遣】

まず、岐阜店の売り場全部を回り、DCブランドの販売に向きそうな女性社員を選び、臨時の異動で私の部下にしてもらった。選んだのはファッションセンスがあり、頭の回転が良く、ある程度生活が豊かで「私が買うならこんな服」という感覚でその世界に入ることができて、当然それらの服の消費者層の年齢に近い若手の社員たちである。

選んだ社員を訓練するために、東京のパルコや東急百貨店、渋谷109などのDCブランドのブティックに派遣した。若いお嬢さんを一人で東京に送り出すわけなので、私も心配して派遣先を見て回った。社員たちは皆期待に応えてくれた。中にはつらいことがあって泣きつく子もいたが、まもなく慣れて活躍するようになった。1カ月行ってもらうと、田舎娘っぽさが消え、言葉遣いや服装、化粧、生活のスタイルなどが見違えるように変わり、すっかりあか抜けて帰ってきた。このように自社の社員を、よその百貨店に派遣したのは高島屋が初めてだった。

次に、私は村井さんに「DCブランドを売る人間は、スモックを着ていては売れません。村井さんには絶対恥をかかせませんから、私のしたいようにさせてください」とお願いした。

村井さんの返事は「好きなようにしなさい」だった。

そこで、派遣を終えた社員たちは、岐阜に戻ると自分が研修してきたブランドの店を任せられ、制服ではなく、そのブランドの商品の中から自分で選んだ服を着て接客した。売り場を区切り、面積はそれぞれ５、６坪とし、床はブランドごとにタイルを変え、ＢＧＭも店ごとに変えた。今では普通に見られるこうしたショップも、当時は新しく、店員も一生懸命売ってくれた。

仕入れには仕入れ課長が行くことになっていたので、最初は自分が女性社員らを東京に連れて行った。金額を指示し、「売りたいものを仕入れなさい」と言って選ばせた。やがて、仕入れも自分たちだけで行かせるようになった。

普通の商品だと、売る相手として特定の客を想定しないで仕入れるが、ＤＣブランドのショップはお得意さまをつかみ、「これはあのお客さまに合う」などと考えながら、お客さまに合ったものを仕入れてくる。また、仕入れに行く前から、得意客の要望を聞いておくとだいたいすぐに売れる。

また、仕入れを任せると、自分で一生懸命考えて仕入れるので、売り場でお客さまにコーディネートを相談されたとき、上から下まで適切なアドバイスを提供することができる。ＤＣブランドのいいところは、そこの服を1点だけ買っても、他のものとうまく合わせるのは難しいので、上着、スカート、ブラウスなど全部セットで買ってくれることだ。さらに、それに合うブレスレット、ベルト、かばん、靴などとなると、一式10万から20万円以上になる。単品の売り場ならお客さま十何人分かを、１人のお客さまで売り上げることができる。

このようなやり方が成功し、岐阜店のＤＣブランドショップの面積当たりの売り上げ、商品の回転率は、いつも髙島屋十数店舗の中でダントツだった。私は村井さんへの約束を果たすことができた。また、数字が伴っているので、村井さんも私の好きにさせてくれた。

岐阜店の売り上げがとてもいいというので、本社の社長が自ら見に来た。ＤＣブランドのショップに来てみると、社長自身、これまで見たこともない景色だったのだろう。売り場がブランドごとに囲われていて、床のタイルも一般の売り場とは違い、大理石やデザインの良い石が張ってあり、ブランドごとにデザインが違う。流れているＢＧＭも皆違う。販売員の服装も全員バラバラである。

当時の飯田新一社長は大変怖い人で、この売り場を見た途端に、「髙島屋はどこに行ったんだ」と怒った。すると村井さんが、「未来の髙島屋はここにあります」

と答えた。私は内心「未来の髙島屋を私が作ったんだ」と、誇らしかった。

その後すぐ、横浜店が岐阜店のやり方を取り入れ、大阪、東京と次々に倣った。

【仕入れは体当たり】

私は人気のＤＣブランドに出店してもらうのに成功したが、誰でも頼めば出店してくれるわけではない。ブランドは売り手市場で生産も限られる。自分の商品を思うようにかわいがってくれるところにしか入れてくれない。だから、こちらの肩書きや店の大きさ、過去の栄光などには左右されない。

ブランドとの取引は髙島屋岐阜店として直接行う。東京のビギやニコルなどのブランドを訪ねていたとき、それらの店でよく一緒になる関西弁のオッサンがいるので、「どちらさんですか」と尋ねたところ、阪急百貨店の常務だった。髙島屋はペー課長、阪急は常務さんだが、そういうブランドの店は、肩書きではなく、熱心でなければショップを出してくれないのである。

私の場合は、東京で流行の先端を行く人たちから見たら、岐阜なんてあるかないかも分からない「かす」みたいなもので、「岐阜に髙島屋があるの？」と言われるぐらいである。私は出店が決まるまで日参した。夜は六本木で遊んで飲み歩いたが、朝になるとまた行くというふうに通い詰めた。最初は断られたが、「あなたのブランドにほれているから、とりあえず入れてください」と一生懸命に熱意を示すと、ようやく「では入れようか」となった。ブランドの店長には、「髙島屋に入れるのじゃなく、鵜飼さんに入れる」と言われた。つまり、同じ取引先でも相手の人間次第で決めるということである。

こうして苦労してブランドを説得し信頼を得たので、絶対に売り上げは出そうと思った。

売り上げを作る術

今は事業所で制服を採用しているところは少なくなっているが、かつて髙島屋岐阜店は、県内大手企業や役所関係の制服を多く受注していた。また県庁、市役所、消防署など公的機関の制服受注は入札契約なので、落札できないと作ることはできないが、その場合も生地の流通のしくみを利用して利益を作る方法を考えた。

制服の生地は、東洋紡、クラボウ、ニッケなど、大体メーカーが決まっているので、どんな生地があるのかは調べれば分かる。その上で、制服を作ろうとする事業所に提案をする。

例えば、消防署なら、「難燃性の生地が良い、繊維のコンポジションは何と何が何％だと適している」というように提案する。こちらは服地に関してはプロだが、相手は素人なので、私の提案通りの条件での入札となる。高島屋も入札に参加するが、落札できるかどうかは分からない。

例えば松坂屋が落札したとすると、当然、条件に従って、私の提案した生地を仕入れる。生地のメーカーには、あらかじめ「この生地を提案しておくので、もしこれに決まったら、鵜飼に15％のマージンをください」と話をつけておく。1メートル千円の生地なら、1メートルにつき150円のマージンだから、1万メートル使うことになれば、150万円になる。

メーカーは売り値を勝手に付けて、松坂屋に売る。売り値の中に15％分の鵜飼の取り分が入っている。それをメーカーにそのままプールしておいてもらう。そこに、高島屋の利益が隠されていることになる。その利益分はどうするかというと、必要なとき、例えば高島屋の売り上げが足りないようなときに、それを売ったことにして伝票を通し、売り上げの足しにするのである。

そのような術を使っていたので、私は売り上げ予算を達成できなかったことは一度もなかった。

【高橋尚子とローズレディスマラソン】

私は仕入れのためによく東京に出張していたが、そのような出張中のある日、ホテルでテレビをつけると、「大阪女子マラソン（後の大阪国際女子マラソン）」をやっていた。大阪女子マラソンは1982年からダイエーの協賛で行われていた。ダイエーは小売店のライバルではあったが、当時の中内功社長夫人が髙島屋のオーダーサロンのお得意さまだったので、私は親しみを感じていた。

マラソンを見ているうちに、私も中内さんに倣って、岐阜で女子マラソンを開催しよう、と思いついた。それが、髙島屋3周年記念行事として始まった「髙島屋ローズレディスマラソン」のきっかけだった。

岐阜に戻ると村井店長の了解を取り、動き出した。参加しやすいように長短3種類のコースを用意し、警察や地元新聞社などの協力も取り付けた。女子マラソンなので、資生堂とカネボウに、参加賞として化粧品のサンプルを提供してもらうなどして、最初はたくさんのお土産を用意し、楽しいイベントを工夫した。

10年ぐらい続いた間に、まだ長距離ランナーとしては無名だった、岐阜県立岐阜商業高校在学中の高橋尚子さんが参加していた。高橋さんは2000年、シドニー五輪のマラソンで金メダルを取ったが、金メダリスト・高橋尚子さんの素地をつくったのは、地元岐阜のローズレディスマラソンだったと、私はひそかに誇りに思っている。

中内さんの大阪女子マラソンとは規模が違うが、岐阜の人々に楽しんでもらっていたと思う。しかし、岐阜店に余計なイベントを嫌う店長が着任し、廃止の方針が出た。直接売り上げがあるわけではないが、手間暇かかっても人を集め、楽しんでもらうと店のエネルギーになり、ひいては商売に結び付くという私の考えは理解されなかったようだ。幸い岐阜新聞・岐阜放送、岐阜信用金庫が引き継いでくれて、「ムーミンレディスマラソン」として行われることになった。

私が大阪店に入社して以来かわいがってくれた村井店長は、既に定年退職していた。村井さんは岐阜を最後に髙島屋を定年退職し、京阪百貨店に再就職した。退職後も英語を習いに行くなど、勉強熱心な偉い人だった。

【ぎふ中部未来博と「未来を拓く塔」】

昭和63（１９８８）年の夏、現在の岐阜メモリアルセンターを会場に、ぎふ中部未来博が開催されることになった。大阪の髙島屋にいたとき、毎日のように目にした大阪万博のシンボルタワー・岡本太郎作の「太陽の塔」が私の頭の中でよみがえった。ぎふ中部未来博のために、私は岡本太郎氏によるシンボルタワー「未来を拓く塔」の制作を思い立ち、多くの方々のお力添えを得て実現することができた。

その経緯については、拙著『岡本太郎と未来を拓く』（ユー・アイ・シー出版、2011年）に詳しいが、私は大阪時代に仕事で何度かお会いした程度の巨匠に、無謀にも塔の制作の相談に伺ったのである。

私は、先祖が京都府画学校の設立に関わり、日本の美術の発展に少なからず貢献したという自信のようなものがあるせいか、芸術家に接するときもあまりかしこまることなく、自然体で話ができる。そのせいか、相手も対等な人間として私に接し、自然体で付き合ってくれるような気がする。このときも太郎さんは機嫌よく私の話に耳を傾けてくれた。

太郎さんのシンボルタワー制作への同意を取り付けると、資金繰りを練った。シンボルタワー

「未来を拓く塔」設置工事地鎮祭の参加者
（一番右が私）

は、デザイン料、制作費、運搬費、設置工事費などを合わせると、１億円以上かかる。私は高島屋の社員として仕事をしていたが、会社からそんなお金が出ないことは目に見えていた。

私は資金面の青写真を描きつつ黒子に徹し、最終的には岐阜新聞・岐阜放送と同社会事業団、財団法人日本宝くじ協会のお骨折りにより完成の暁を迎えた。

資金づくりで私が表舞台に立ち、直接携わったのは各種記念品を作って売り出すことだった。例えば、時計会社のリズム株式会社に記念品の時計製作を依頼し、未来博の指定記念品として高島屋はじめ三越、丸栄、松坂屋など各百貨店で売ってもらうことにした。商品は、私がリズムから仕入れ、それを高島屋が岐阜新聞・岐阜放送に売る。岐阜新聞・岐阜放送はそれを各百貨店に卸す。各百貨店はそれを売って利益を上げる。岐阜新聞・岐阜放

未来を拓く塔の前で岡本太郎さんと

送は名目上、自社を通すだけで、百貨店での売り上げから利益を得るという仕組みである。

同じ方法で、メダルなどの記念品も企画し、売ることで、合わせて6千万円を作ることができた。

太郎さんの指揮の下、東京都町田市の日本美術工芸株式会社が塔を制作し、塔のパーツができあがると、それを岐阜まで運んで組み立てた。

塔の形は現在・過去・未来を表わす3本の足を持ち、大きな翼を持ち、遠くを見渡すように長く伸びた首には、4本の色鮮やかな旗のようなものが翻っている。その上にひまわりのような冠をかぶった頭部が載っている。目は過去から未来を見通すように貫通している。高さは21メートルもある。21は私のラッキーナンバーである。

私が考案した未来博の記念時計台の文字盤のドラムが回転する

このように大きく複雑な構造をしているので、風が吹くと、飛行機の翼のように浮き上がったり、ひねる力がかかる。また、雪が積もった場合、何トンもの重さがかかる可能性もある。それで、東京大学の構造研究所で材料の強度計算をしてもらわなければならなかった。私も、翼にどれぐらいの雪が降り積もる可能性があるかを調べるために、岐阜地方気象台の倉庫に潜って、過去１００年間の積雪のデータを調べたりしていた。そのような過程を経て設計された塔だった。

土台は市川工務店が建てた。私自身、実際にボーリングの現場を見て知ったのだが、設置場所は長良川流域なので、７メートル掘ると砂利があり、きれいな水が流れているのには驚いた。

店にいないことが多い私は、ときどき同僚に、「また鵜飼さんがいない。忍者だからおらへんな」と言われながら、好きに動いていた。

「太陽の塔」の真の意味

岡本太郎さんが昭和45（１９７０）年の大阪万博のシンボルタワーとして制作した「太陽の塔」には、どんな意味が秘められていたかについて、『岡本太郎と未来を拓く』に書いた。私は岡本太郎さんの生涯のパートナーだった岡本敏子さんから、その意味を語り継ぐようにと言われていたので、ここにもう一度簡単に述べることにする。

太陽の塔を正面から見ると、真ん中に大きな顔がある。てっぺんにも黄金に輝く顔がついている。さらにもう一つの顔があることを知る人は少ないかもしれないが、実は塔の後ろに回るとそこにも第3の顔がある。黒い円形の顔の周りには、太陽の紅炎のような形で黒い炎が描かれている。これは、何にでも表と裏、光と影があることを意味する。

太陽の塔自体は、敏子さんの明かしたところによると、男性のシンボルをイメージしたものだという。塔の名前は、石原慎太郎氏の小説『太陽の季節』からの発想である。この小説の中に、主人公の若い男性が勃起した性器で障子を突き破る場面がある。太陽の塔が、丹下健三氏設計の大屋根を突き破って立っているのは、その場面を再現したことになる。敏子さんによると、このことを知っているのは、他に石原氏と『日本沈没』の作家・小松左京氏だけだということだった。

裏側から見た太陽の塔

岡本太郎さんは芸術家だが、民俗学も研究していた。日本中、北海道から沖縄まで歩いて勉強している。縄文土器に芸術性を再発見したのは彼である。敏子さんは、いつも「縄文土器という名は、太郎さんが付けたのよ」とまで言っていた。

岡本太郎さんは若いころ長くフランスにいた。フランス語で日本のことを「ル・ジャポン（le Japon）」と言う。「ル」は男性名詞に付く定冠詞なので、彼にとって日本という国のイメージは「男性」だった。だから、万博のシンボルを作るときに、この国にふさわしい男性のシンボルを作ろうとしたのである。

彼は太平洋戦争の戦場にも行った。最下級の陸軍二等兵だったから、殴られっぱなしだった。しかし、得意の腕を生かして隊長の似顔絵を描いたことから隊長に好かれ、それから待遇が良くなったが、つらい思いは変わらなかった。彼はフランスで自由民権思想を身に付けてきているから、軍隊の階級制度がばかばかしくて仕方がない。また、彼は欧州にいたので、米国は元々好きではなかった。

ギリシャ神話に、体は子ども並みに小さいけれど、巨大な男性のシンボルを持つ、豊穣（ほうじょう）と多産の神・プリアポスがいる。プリアポスはロバとそのシンボルの大きさを競い、負けた悔しさから、ロバをシンボルで殴り倒したとされている。米国の民主党のシンボルはロバである。プリアポスがロバをやっつけた話は、太郎さんにとっては気分の良い話である。その連想から日本の国は小さいけれど、男性のシンボルで他をやっつけてやろう、という思いで大きい太陽の塔を作ったのだろう。

ところでヘビは、八岐大蛇（やまたのおろち）のように、日本古来の伝説とは切り離せない存在である。正月飾りのしめ縄は、2匹のヘビが交わっている姿を表している。ヘビには手も足もないので離れないようにぐるぐる巻いている。その形は子孫を残し、栄えることを意味する、縁起の良いものである。

太陽の塔の横には手のようなものが2本出ている。ヘビが交わるときに射精が終わるまで抜けないように、性器には突起が付いている。塔が男性のシンボルだとすると、2本の手はヘビの突起と同じ意味を持つのである。

太陽の塔は、岡本太郎さんの世界観、日本への思い、民俗学的洞察によるインスピレーションが結実したシンボルなのである。

岡本太郎さんが亡くなった少し後、敏子さんが泣きながら電話をしてきたことがあった。彼の作品のほとんどが川崎市に寄付され、手元には断片的なものしかなくなってしまったというのだ。「私はどうやって生きていったらいいのか」と涙ながらに訴えた。

私はすぐさま妻と一緒に上京し、岡本邸を訪ね、「その家を岡本太郎記念館にしては」、と提案した。その2年後の平成10（1998）年、その通りに記念館がオープンした。

【未来博と行政書士資格】

ぎふ中部未来博は成功裏に終わり、太郎さんの作った塔は、今も岐阜メモリアルセンターのシンボルとして立っている。

私は今でも長良川を挟んでメモリアルセンターの反対側にあるレストランから、あの特徴ある塔を見るたびに、30年以上たった今も忘れられない交渉事を思い出して感慨にふける。それはこの塔を未来博閉幕後も記念すべきモニュメントとして残していけるように、県の担当者らと幾度となく熱い話し合いの場を持ったことである。

未来博会場はそのままスポーツ施設の岐阜メモリアルセンターとなったが、その土地は県有地と法務省の岐阜刑務所跡地にまたがっていて、恒久的な建造物の保存は県の担当者レベルでは軽々に判断できなかった。私は最終的に当時の梶原副知事に膝詰め談判し、その結果、関係部局の担当者を集めた場で副知事が英断を下して未来を拓く塔は今に至ることとなった。

その経緯・経験を踏まえて私は、「行政とはこういうものか」と思い知らされた。行政を相手にするには、それなりの専門知識や書類の扱い方を覚える必要があると思った。行政書士の試験があると知って、勉強して受けてみようと思った。試験は簡単に受かるとは思えなかったので、冷やかし半分で受けた。論文問題には、岡本太郎の塔を建てるときに経験した行政との関わりについて書いた。その論文が、他には例がなく、切実だったので良かったのか、一発で合格した。

行政書士として仕事をするには、弁護士が弁護士名簿に登録しないと活動できないのと同様に、行政書士名簿に登録しなければならない。私は資格を取ったものの、髙島屋社員としてはそれを必要とする機会がなかったので、登録をしなかった。しかし、定年退職後、この資格が役に立つことになった。私の友達が司法書士をしており、請け負う仕事によっては、行政書士による処理が必要な部分があるという。そこで、資格取得後何年もたってから初めて登録し、友達の仕事を助けるために資格を生かせるようになった。

後に弁護士の娘に聞いたのだが、司法試験の合格率は1％ぐらい、行政書士は7、8％ないし10％ぐらい。少ないときは5％ぐらいのときもあったそうだから、取れるときに取っておいてよかったと思った。

【鵜飼を勝手に動かしてはいけない】

髙島屋では普通3年から5年で転勤するので、そろそろ転勤の声が掛かるかと思うころ、やはり「鵜飼さん、今度の異動で転勤だよ」との情報が入った。私は正体が忍者なので、本社には抜かりなくスパイを置いていた。

しかし、そのころはちょうど、ぎふ中部未来博のために岡本太郎さんにシンボルタワーを依頼している最中だった。それが終わらないうちは異動などとんでもないと思った。

そのころ、私は、現衆議院議員の武藤容治さんと親しくしていた。彼の父・武藤嘉文さんは閣僚経験もある衆議院議員だったので、「お父さんに、高島屋の社長に、鵜飼は今、未来博で岡本太郎の塔を担当しているから、異動しないようにと言ってもらってくれ」と容治さんに頼んだ。その通りにお父さんの武藤議員が電話をしてくれて、異動の話は立ち消えになった。

それ以来、「岐阜の鵜飼は勝手に動かしてはいけない」との不文律ができたらしい。

私自身も、岐阜では自分の思ったように仕事ができるので居心地が良く、結局、自分から異動を希望することはなかった。加えて、出張で東京へ行っても、「『うかい』の字は、岐阜の長良川の鵜飼と同じです」と言うとすぐに分かってもらえるので便利である。

韓国の人間国宝

ぎふ中部未来博の会場で展示されていた韓国の産品の中に、陶器のつぼがあった。それを、ある学校の先生が盗むという事件があった。私はそのつぼを作った韓国人の陶芸家のことを知らなかった。また自分自身、盗みたいほど欲しいものにそれまで出合ったことがなく、事件に衝撃を受けた。立派な学校の先生が、盗むほどに欲しがるようなものなら、きちんと勉強しなくてはいけないという変わった動機から関心を持った。

その陶芸家は、当時、韓国に2人しかいない陶芸の人間国宝の一人、柳海剛（ユ・ヘガン）だった。未来博に出展していた韓国の商社の社長に紹介してもらい、韓国の柳さんに会いに行った。

ソウルの飛行場に着くと、空港内の壁には柳さんの大きな写真が飾ってあり、まず圧倒された。ソウル郊外に彼の立派な美術館が建ててあるというので、そこを訪ねた。柳さんは103歳の高齢だったが、お元気で、彼の養子である男性と3人、焼き肉店で食事をした。そこで初めて、牛の骨髄を焼いたものを食べさせてもらったのを覚えている。

陶器は昔から好きだったし、人間国宝となれば余計に心が引かれるので柳さんの作品を10点ほど、そのとき買わせてもらった。それらの作品が良いのかどうか正直なところ分からない。

柳さんを紹介してくれた商社の社長も実は芸術家で、その後15年ぐらい、見事な版画の年賀状を送ってくれた。

韓国の人間国宝（高麗青磁）
柳海剛さんと

【米国研修】

婦人服の売り上げが順調で、髙島屋岐阜店の成績は良かった。また、百貨店全体も良い時代だったので、髙島屋では全国各店から優秀な社員を選び、海外研修に行かせた。私もその一人に選ばれ、昭和63（１９８８）年、20日間ぐらい米国・ニューヨークに行かせてもらった。研修とは言っても、施設見学以外はかなり自由に行動できた。

当時、ニューヨークの五番街にニューヨーク髙島屋があり、現在はもうないが、大きなビルを3フロア使って宝石などを扱っていた。五番街にはオードリー・ヘプバーン主演の映画『ティファニーで朝食を』（1961年）で有名な宝飾店ティファニーもあり、そのそばにトランプ・タワーがある。

ドナルド・トランプ氏が一般の人にも名が知られるようになったのは、米国大統領選に出てからだが、経済界では新しいものをどんどん造っていく不動産王として有名だった。私もトランプの建てたビルを見学しようと、角張ったデザインが特徴のトランプ・タワーを見に行った。そのとき、タワーの前で偶然トランプ氏に出くわした。ベージュ色のカシミヤらしい生地のブレザーを着て、今のように太っておらず、とてもハンサムだった。

見学した施設で印象に残っているのは、ニューヨーク郊外のタイソンズという巨大なショッピングセンターである。その敷地

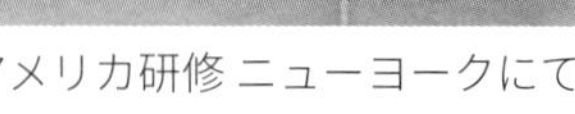
アメリカ研修 ニューヨークにて

には大きな百貨店が2棟建っており、その周辺にも店舗が3千店ぐらい並んでいる。周囲は3万台分の駐車場になっており、その巨大さに圧倒された。

米国の人は自宅に大きな冷蔵庫、冷凍庫を持っているので、週に1度、あるいは10日に1度ぐらいの頻度でまとめて買い物をする。大型ショッピングセンターの商圏は、およそ300キロ四方にわたる。300キロというと、直線距離で岐阜から倉敷、あるいは千葉ぐらいである。客は遠くからだと高速道路を2、3時間で飛ばしてやってきて、1週間分、10日分の品物を車に載せて帰って行く。それぐらいをマーケットにした店舗作りを視察せよということだった。

このニューヨーク滞在中には、著名な数学者広中平祐さんとたまたま同じホテルでお会いし、歓談するという貴重な機会を得た。広中さんは数学のノーベル賞として知られる「フィールズ賞」を受賞した世界的な数学者だが、同じ日本人ということでエレベーターの中で気さくに話し掛けられ、朝食のテーブルも共にした。ノーベル賞級の大学者ということはそこで初めて知ったのだが、広中さんはそんなことにはこだわらず、楽しい時間を過ごさせてもらった。

また、カナダにも足を延ばすと、巨大なショッピングセンターの敷地内に大きな人工池があり、その中になぜか潜水艦が沈んでいた。

研修中のある日、五番街を一人で歩いていると、「鵜飼さーん、鵜飼さーん」と呼ぶ声がした。日本を遠く離れ、知り合いもいないこのニューヨークの大都会で、同じ名前の人がいるとは、と、ふと振り向いたら、赤茶色の派手な革ジャンを着た体格のよい男が立っていた。胸のポケットは、携帯電話かあるいはピストルが入っているのか、膨らんでいる。怪しく思ったので知らん顔して歩いていたら、さらに追いかけてきて、「鵜飼さん、待って」と言う。よく見たら、以前、岐阜店の総務にいた社員だった。

「何をしに来ているのか」と聞いたら、彼は岐阜店の後、建装事業部に行き、そこから研修に来ていたのだった。米国には日本のような手軽な喫茶店がないので、大衆レストランに入り、骨付きのごっついリブステーキをかじり、ビールを飲みながら、周りに知った人もいない安心感で上司の悪口などを言い合い、大いに盛り上がった。

1980年代は百貨店のいい時期で、残業もし放題だったため、店員の給料も今の3倍ぐらいあったのではないだろうか。その後、私が2000年に定年退職した翌年から給料は3割カットになった。郊外型のショッピングモールが次々と開店し、百貨店の時代ではなくなったと言われた。しかし、かつて目の当たりにした髙島屋の商品検査部の厳しさ、売り場の商品に対するプライドなど思い出すと、百貨店のない都市は滅びる都市だと私には思われる。

【淡路島にリゾートホテル】

私は、岐阜市の老舗紡績会社の創業・経営者一族のＫさんと親しくしていた。彼はその紡績会社の系列の経営者だった。ある日、彼から「鵜飼さん、ゴルフ場を造ろうと思うが、どう思う？」と電話がかかってきた。

私も商売人なので、ゴルフ場を造ったらいろいろと商売ができると思い、「面白いから造ろう」と即答した。聞けば、伊東富士丸さんという、弁護士であり、不動産王でもある人物がおり、その人の土地が淡路島に１００万坪ぐらい、売りに出ているという。Ｋさんとその話を昼前にしていて、「ほな、行こか」という調子で背広を着て新幹線に乗り、その土地を見に行った。

淡路島の西海岸中央部の五色町（現洲本市）にその土地はあり、茂った草木をかき分けながら丘のてっぺんまで登っていくと、そこから見た瀬戸内海の景色が素晴らしかった。そこで「造ろう」と話が決まった。

Kさんはゴルフ場とホテルを造ることにして、内装は髙島屋が約30億円で受注した。私自身が担当者となり、備品や家具のコーディネートは、女優から転身し、デザイナー、実業家として活動を始めていた二谷友里恵さんに依頼した。バブルがはじける前だったので、カーテン、じゅうたんから家具、食器にいたるまで、客室を思い切り高級にした。ミンクの毛皮の布団はものすごく寝心地がいいと何かの本で読んでいたので、それを作らせて売り物にしようと考えた。

髙島屋はこのとき、ホテルの調度品を直接Kさんの会社に売るのではなく、太陽神戸銀行（現三井住友銀行）が設立に参画したリース会社に売り、Kさんの会社がその会社からリースするという形をとった。それによって、Kさんの会社は髙島屋に一括で支払う必要がなくなり、支出を分散することができる。

また建設計画の段階で、私はホテルの建物の一部を版画家で芥川賞受賞作家でもあった池田満寿夫氏の美術館にすることを思いついた。池田さんにはまだ、自身の作品を集めた美術館がなかった。面識はなかったが、「美術館を造りたいので会ってほしい」と電話し、伊豆の池田さん宅まで行った。

ところが、しばらくしてバブルがはじけ、Kさんの会社経営にも陰りが生じて、ミンクの布団も、池田満寿夫美術館も実現には至らなかった。

美術館は造れなかったが、ホテルのロビーに陶壁画を設置することにし、池田さんに制作を依頼し承諾してもらった。

池田さんの描いた原画を信楽で陶板に焼いてもらうことにして、私は池田さんを私の故郷に近い信楽に連れて行った。池田さんは絵を陶板にする工程を全部自分でやった。私が、色をタイルにのせる作業を手伝おうと申し出たが、「自分でやる」と言って、朝から晩までそれをやっていた。

作業の様子を何度か見に行き、夜は料亭などで話をしながら一緒に夕食を食べた。宿は私の妹のつてで、故郷の水口町にあったセンチュリーホテルに取った。

売れっ子だった池田さんは、信楽で何週間も缶詰めになっている間も、毎日、東京の新聞に連載小説を書いていた。お酒を飲んでいても「鵜飼さん、30分ぐらい待って」と言って席を立つ。何をするのかと思ったら、「明日の新聞の原稿を書かなくてはならない」、と言って、夜中に原稿を書いている。それをファクスで送ると、翌日の新聞

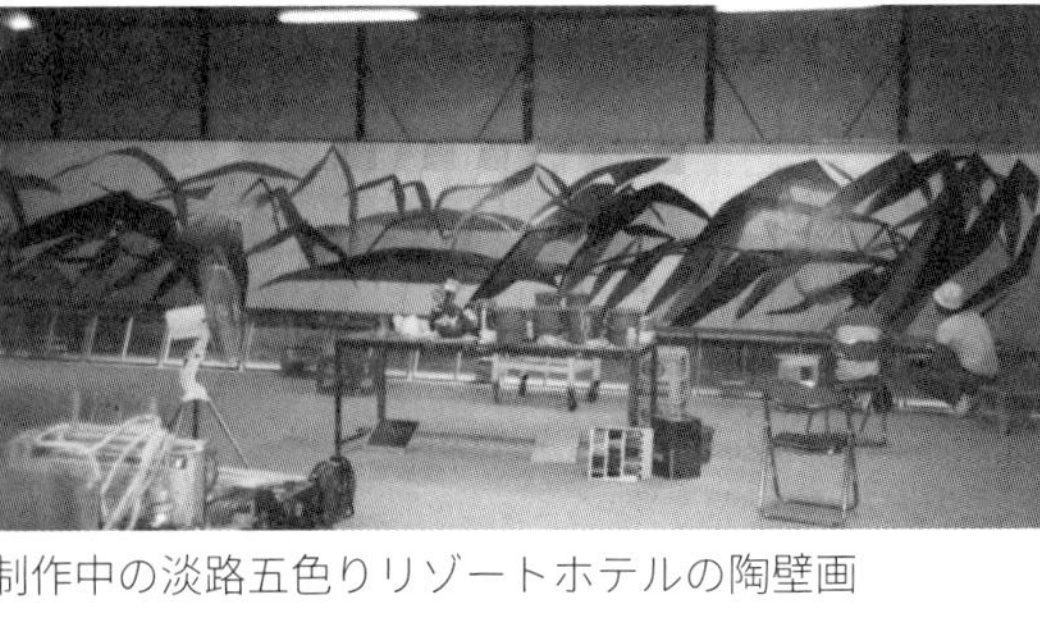

制作中の淡路五色りリゾートホテルの陶壁画

に載る。池田さんは版画家、作家、映画監督などいくつもの顔を持つ、多才な人だった。

やがて幅10メートル、高さ3メートルぐらいの見事な陶壁画ができあがり、淡路島に運び、ホテルのロビーに設置した。ホテルのロビーは海岸に面した側を全面ガラス張りにしてあり、五色浜を見下ろせる。そのガラス窓に向かい合う形で、円弧を描くように陶壁画は設置された。

五色浜は砂浜に残る玉砂利の色がメノウ色、琥珀色など、5色あるのでその名が付いたそうだが、海に沈む夕日に照らされた景色が美しいので有名な場所である。その辺りの山も日の光の当たり具合で色合いが変わる。その美しさを描いてほしいと池田さんにはお願いしてあった。そのリクエストの通り、五色の山の力強い稜線（りょうせん）と、日の光が当たって変化していく山肌が青、黄、緑などの色で表現された、美しい仕上がりだった。

サントリー社長（当時）の佐治敬三さんが、このリゾート建設の発起人に名を連ねていたので、特別仕様のウイスキーボトルを作って、オープンの記念品にすることを考えた。池田さんにオリジナルボトルをデザインしてもらい、サントリーの重役会にかける必要があるというので、その個性的なボトルの見本を持って東京まで行った。重役会の間、私はサントリー美術館を見せてもらい、館長と話をしていた。記念のボトルにゴーサインが出て、中にはサントリーのウイスキー「山崎」が詰められることになった。

実はサントリーは大会社なので瓶も自社で企画するのが常で、持ち込みのボトルにお酒を詰めたのは、私の提案が初めてだったそうだ。

高島屋はKさんの会社にこのウイスキーを売り、その会社が約３千人のゴルフクラブ会員にオープン記念品として贈呈した。

平成５（１９９３）年、淡路五色リゾートホテル、淡路五色リゾートカントリー倶楽部がオープンした。

オープンしてしばらくは順調で、Kさんも東京の汐留（しおどめ）にある高層ビルに事務所を作って、新しい事業に手を広げるなど羽振りがよかった。しかし、その後、Kさんの会社は他の企業に乗っ取られた形で、17（２００５）年に倒産してしまった。新興の会社より、昔からやっている会社やその同族の会社の方が、どうしてもセキュリティーの面で弱さがある。そこに付け込まれていつの間にか窮地に追い込まれ、乗っ取られるというケースがままあるのだ。

ホテルも倒産したが、高島屋はリース会社との売買契約とし、取引は終わっていたため、幸い影響を受けることなく済んだ。
淡路五色のゴルフ場もホテルも競売に掛けられていたが、やがて外国の企業に買収された。

池田満寿夫と佐藤陽子

平成9（1997）年の春、63歳の若さで急死した池田満寿夫さんのお別れ会が、東京のホテル椿山荘で行われ、私も妻と参列した。池田さんの活動は多彩だったので、美術関係はもちろんのこと、文学、映画、音楽など各方面の人が参列し、草笛光子さんなど有名な芸能人や横綱の顔も見られた。

初めて伊豆の池田さん宅を訪ねたときのことを思い出す。私は通された部屋のソファにかしこまって座っていた。するとペットのビーグル犬がやってきて、私の服をペロペロなめる。怒るわけにもいかず、じっと我慢していたら、池田さんのパートナーでバイオリニストの佐藤陽子さんが現れて、「鵜飼さん、善人だ」という。犬が善人を見分けるのだそうだ。私は犬を蹴飛ばさずに我慢していてよかったと思った。

池田さんたちはビーグル犬を5、6匹飼っていた。2人には子どもがいないので、犬を大変かわいがり、高級なカーペットを犬が引っかいても放任していた。料理屋で一緒に食事をしたときなど、佐藤さんは気取らない人柄なので、皿に残ったお造りをペットの食事用に持って帰ることもあった。

淡路島にリゾートホテルを造ったとき、佐藤さんにバイオリンのコンサートを開いてもらった。池田さんも一緒に来ていて、フェリーに乗る前に私の車で食事に行くことになった。

料理店に着いたとき「バイオリンは車に置いておいたら」と言ったが、「これは置いていけない」と持って歩き始めた。７億円のストラディバリウスなので、置いておくわけにはいかない。駐車場を池田さんと私が先に立って歩き始めたら、後ろでロングドレスの佐藤さんがバタッとひっくり返った。池田さんが「陽子！」と叫んで飛んでいって、「大丈夫か」と助け起こした。指でもけがをしたら弾けなくなってしまうが、幸いけがもなく、バイオリンも無事だった。池田さんの慌てぶりが印象に残っている。

池田満寿夫さん、佐藤陽子さんと

池田さんとはよく話をした。19世紀フランスの彫刻家ロダンと弟子のカミーユ・クローデルとの間に子どもができたが、ロダンは他の女性を妻にし、カミーユは精神障害になった、という話を私がしたら、池田さんが自分もロダンの「地獄の門」のような作品を作ろうと言い、実際に焼き物で大きな作品を作った。淡路島の陶壁画の後、彼は陶芸にも力を入れた。岐阜県にも何度か来ていた。池田さんはそれ以前から陶芸をやっていたが、私と付き合っていたときは多作だったように思う。

陶芸の土をこねるとき、こね方が不十分で中に空気が残っていると、焼いたときに中の空気が膨張して割れてしまう。それは陶器作りでは失敗なのだが、池田さんはそういうものにも魅力を感じ、「割れたもの、ゆがんだものでも芸術品だ」と言った。そういう作品が、三重県菰野(こもの)町のパラミタミュージアムに収蔵されている。

私が仕入れに東京に行ったときなど、時々仕事が終わってから池田さんに電話をすると食事に誘ってくれた。池田さんが留守のときは、佐藤さんが「寄りなさいよ」と言ってくれた。池田さんが熱海の家に誘ってくれた時のこと。私の好物がすしだと聞くと、すし屋に連れて行ってくれて、その店で初めてハマグリのにぎりずしをごちそうになったのを覚えている。

平成3（1991）年、岐阜市の産婦人科医院の院長の妻だった真鍋みささんが、私財を投じ、岐阜市本郷町にコンサートホール「クララザール」を建てたとき、「こけら落としに佐藤陽子さんを呼んでほしい」と頼まれた。それで佐藤さんに「知り合いが趣味でコンサートホールを建てた。来てくれないか」と声を掛けたら、「私は趣味では演奏しない」と断られた。

「1回弾くのに、100人の前でも、千人の前でも、同じ力を入れて弾くのだから、趣味で100人ぐらいの前でなんて、弾かない」という佐藤さんの言葉を伝えたら、真鍋さんは「仕方ないね」と言っていた。

佐藤さんのストラディバリウスは7億円。それを支払っていかなければならないのだから仕方がない。佐藤さんは「趣味で弾いたのは、山本直純さんか誰かに頼まれて300人ぐらいの聴衆を前に弾いた一回きりだ」、と言っていた。

池田さんが亡くなった後も、佐藤さんのコンサートがあると私はできるだけ行くようにしている。

石にも木にも魂が宿る

岐阜の老舗企業の創業・経営者一族のKさんが淡路五色リゾートカントリー倶楽部を造ろうとしていたとき、建設地の山のてっぺんに大きな岩がいくつかあった。

Kさんはそれらを爆破して、地面をならすという話をしていた。しかし私には、たとえ石であっても、この地球に自然に存在しているものは生き物のように思われる。それに淡路島は神話の「国生みの島」でもあり、古い時代の土器や鉄器が発掘されている特別な歴史を持つ場所である。

そこで「岩は山の上に昔から鎮座しておられるのだから、そこに残してほしい」とKさんにお願いした。Kさんは、岩をそのまま残してゴルフコースを造ってくれたので、五色の山の岩は私が助けたことになった。

「ゆとりある国民生活の実現」を目指す総合保養地域整備法（リゾート法）が、昭和62（1987）年に制定され、全国に開発ブームをもたらした。古くからの温泉地・益田郡下呂町（現下呂市）でも県内企業や地元の業者の出資により、それまで手の入っていなかった山の中腹を開発し、10階以上ある会員制のホテルパストール（現大江戸温泉物語下呂新館）を建てる計画が進められた。

このとき、1階のロビーからお茶を飲みながら見る景色の妨げになるので、モミの大木を切り倒そうという話が出た。私はこのときも、大木は自分より長く生きているのだからその命を絶つようなことをしてはいけない、と思い、事業の代表だった埜本修さんに頼んで、伐採をやめてもらった。そうして、私はその木を救った。

自分が今、年を重ねてきて、いろいろなことがうまく運んでいるのも、石を助け、木を救ってきたから、それらの魂のおかげのような気がしている。

【ユー・アイ・シー設立】

私は髙島屋で好きなように仕事をさせてもらった。その分、大きな売り上げをもたらし、貢献もさせてもらったと思っている。ただ、いくら好きなようにさせてもらうと言っても、支店の一課長、一次長の立場で会社のお金を勝手に動かすことはできない。しかし、商売には、組織の複雑な決定システムを待っていては大きな利益を逃してしまう局面も生じる。

ぎふ中部未来博のシンボルタワーとして岡本太郎の塔を企画したのが、未来博開催の3年前だったが、髙島屋岐阜店の店長も部長も、3年後には異動で岐阜にいない可能性が高かった。3、4年先のことを上司に相談しても迅速な判断を得られるとは思えなかったので、とにかく岡本太郎さんの承諾を得るために動く必要があった。

幸い未来を拓く塔は、髙島屋で受注、発注ができたが、上司から会社の事業とする承諾が得られなければ、個人で請け負わなければならない。

こういうときに自分が使える会社があれば、そこを事業主とし、お金と物を、そこを通して動かすことができる。そこで、私はいろいろと勉強し、自分で会社を立ち上げ、自分の責任で、ある程度の取引ができる仕組みを作ろうと考えた。家族を社長にしておけば、名目上は私とは関係のない取引にできる。

普通のサラリーマンなら思いつかないような、そんな発想からできたのが、昭和63（1988）年に設立した有限会社ユー・アイ・シーである。会社の住所は自宅である。最初、娘の万貴子を社長にしたが、万貴子は未成年の大学生だったので、妻の和美が保証人になった。数年後、万貴子は裁判官になり、兼業ができないため、妻が社長になった。

淡路五色のリゾート開発のときは、ユー・アイ・シーが役に立った。ホテルの内装は高島屋が受注する形にできたが、池田満寿夫の陶壁画についてはユー・アイ・シーが発注し、Kさんの会社に売る形となった。そもそも百貨店は物を仕入れて売るのが仕事なので、田舎の百貨店が美術品を制作するなどありえない話だ。百貨店が売るのはせいぜい1個何十万、何百万円までで、何千万円というビジネスはない。しかし、事を行うなら大きい方がいい、というのが私の考えで、そのためにユー・アイ・シーは便利な存在だった。

とはいえ、取引するにも相手は「高島屋の鵜飼」の方を信用してくれるし、請求書や領収書も「高島屋」で出した方が安心してもらえる。ユー・アイ・シーでは相手にとっては知らない会社だし、鵜飼がずるいことをしているのでは、と疑われても仕方がない。だから、やむを得ないときだけ、ユー・アイ・シーを利用した。

有限会社ユー・アイ・シーは現在も妻を社長として存続しているが、定年退職後、福祉施設をいくつも運営するに当たって、この会社が役に立っている。

今どきは業務内容をしぼり、「何業者」なのかをはっきりさせなければ、会社設立が難しくなっているが、ユー・アイ・シーを会社登録したとき、事業内容には百貨店のように、考え得るあらゆるものを入れることができた。衣料販売、倉庫業、各種飲料製造・販売、食料品輸入、医薬品製造、建築、保険、自動車、出版、パチンコ店、ビルの管理などである。そのため、福祉事業を始めてから、施設の土地・建物を買ったり、いろいろな資材を買い入れたりするに当たっても、会社として行うことができる。例え借金を背負っても、それは会社の借金になり、私個人の借金にしなくても済む。

また、今では「有限会社」自体が貴重な存在になっている。平成18（２００６）年、有限会社法が廃止され、新会社法が施行された。それに伴い、有限会社を新しく作ることができなくなった。一方で、株式会社は取締役1人、資本金1円から、誰でも作ることができるようになった。かつては、有限会社の最低資本金は300万円、株式会社は1千万円という決まりがあり、有限会社というと弱小のイメージがあったが、今は逆に「有限会社」の名刺を出すと、少なくとも十数年は続いている会社だということになるので、信用度が高いのである。

売れる物は何でも売る

百貨店の社員は、物を仕入れて売るのが仕事だ。しかし私は物を売るだけでなく、売る以前の「仕組み」を作ることが大事だと考えた。それによって、売買できそうにないものでも売ることができる。私は冗談で「売っていないのは麻薬と女ぐらい」などと言うのだが、本当にいろいろなものを売買した。あるいは売買の段取りをした。岡本太郎さんの「未来を拓く塔」や池田満寿夫さんの陶壁画もその例である。

商売をしようと思ったら、税制を熟知していないといけない。逆に言えば、お金がなくても税制の知識だけでビジネスができる。

私はヘリコプターを「後は売るばかり」というところまで段取りをしたことがある。岐阜県各務原市にある川崎重工業の岐阜工場では、同社と旧西ドイツの会社とで共同開発した「ＢＫ１１７」という民間用ヘリコプターの最終組立を行っていた。そこに買い付けに行ったのである。

ヘリコプターは減価償却資産であり、その耐用年数は２年である。つまり、２年で減価償却し、帳簿価格はゼロになる。

例えば５億円のヘリコプターを買うとする。１年で２億５千万円の減価償却となる。もし、その会社に利益が10億円あったら、そのうち２億５千万円は経費で落とすことができ、節税になる。

２年後にはヘリコプターの減価償却は終わり、２年で５億円分節税になる。しかし、帳簿価格はゼロになっても、元が５億円のヘリコプターは、２年たっても３億円ぐらいで売れる。売れれば２年で３億円がもうかる。

普通の商事会社や不動産会社などでも、お金があればヘリコプターを買ってもうけることができる。自分のところで使用しなくても、航空会社にリースに出せばダブルでもうかるという仕組みだ。そういうことをお金のある人に提案してあげる。

私は高島屋の鵜飼なので、どこへ行っても信用してもらえる。こういうことを勉強すれば百貨店で単に物を売っているより、何億、何十億という大きな売り上げを作ることができる。

あるいは、ローン金利を利用したビジネスもある。

例えば、大手の金属会社では、実際に熱い鉄を扱う現場で働いているのは、子会社、孫会社、ひ孫会社など末端の下請け会社の作業員である。

そういう下請け会社の現場で使う特殊な重機は、三菱重工とか小松製作所などが製作しており、非常に高価でローンを組んで買い入れる。しかし、小さい下請け会社は返済能力に信用がないので、利息が高く、ときには10%ぐらいにもなる。代わりにこれを高島屋が買うと、信用があるのでローンの利息が1%か2%で済む。

高島屋は、重機を下請け会社に、メーカーから買うより安い利息で売れば、そのマージンが高島屋の利益になる。下請け会社にしてみれば、例えば5億円の重機なら、ローンの利息が1%下がるだけでも500万円の差なので、高島屋から買った方が助かる。高島屋はメーカーから機械を買い、それを下請け会社に売る、という伝票を通すだけで、5億円の重機なら数千万円の利益を得ることができる仕組みだ。

百貨店で宝石や帯を売る人たちは、一生懸命売っても1日に10万円から20万円売れたらよい方だ。私は遊びに行くような調子でサインをもらうだけで、桁違いの利益を上げるというわけだ。

【最高の思い出をつくる海外ツアー】

外商部のとき、海外ツアーを企画し、外商のお客さまを欧州に連れて行った。参加者は私のラッキーナンバーの21人とし、２週間ほどのスケジュールを自分で組んだ。

最初は英国、フランス、スイスを巡るツアーで、目玉の一つはオリエント急行の旅だった。ただし、欧州を貫く長距離夜行列車は無理なので、ロンドンを出発し、イングランド西部の都市バースまで、オリエント急行の車両ともてなしを楽しむ3時間ほどの観光列車の旅である。バースは紀元2世紀に英国がローマの支配下にあったとき、温泉保養地として発展した歴史を持つ観光地である。

日本から1車両を貸し切りで予約しておき、パンフレットの写真に載っていた、制服姿の立派な車掌と、若くハンサムな乗員を、予約した列車に乗務させてもらうよう手配した。もしお客が集まらなかったら、自分のきょうだいを連れて行こうかと思ったが、幸いめったに乗れない豪華列車の旅にお客さまが集まった。

私たちが乗ったのは食堂車で、寄せ木細工のテーブル、ウェッジウッドの食器、ウォーターフォードのクリスタルグラス、クリストフルの銀メッキのナイフやフォークなど、歴史と高級感を存分に味わいながら食事を楽しんでもらった。デザートのメロンは丸々1個の上部だけを横に切り取り、そこに生ハムを添えるというぜいたくさだった。

フランスの旅では、ディナーの最中にレストラン内の電気が突然消され、「ハッピーバースデー」の曲とともに、給仕らがろうそくの灯ったケーキを載せたワゴンを押して入ってきた。私のツアーのお客さまの一人が「あら、だれかお誕生日なんだわ。実は私も今日、誕生日なんだけど」と笑って言った。レストランのお客らが見守る中、ケーキのワゴンは進み、その人の前で止まったので、その人はびっくり仰天し、記念すべき感激の誕生日となった。

第1回ヨーロッパツアー参加の皆さん

もちろん、私が全て段取りしたことである。

旅行中はお客さま4、5人につき1人のアテンドを付け、至れり尽くせりのサービスをした。毎日の３度の食事も、飽きないように変化を付け、スイスのロープウエーではガムやスルメを配って、耳が痛くならないように気を配り、寒い山頂では魔法瓶で持参した温かいコーヒーを振る舞った。

２回目のツアーは、ベネチア・サミットに近い時期で、ベネチアでは当時の中曽根首相らが泊まったのと同じホテルに泊まったのを覚えている。

旅行は、どこへ行っても見られるものや景色は一緒だが、思い出だけは同じというわけにはいかない。とにかく最高の思い出を作るお手伝いをするのが、ツアーを企画する上で最も大切なことだと、私は思う。

【十六銀行の美術展】

私は十六銀行の頭取だった清水義之さんに、公私にわたり大変かわいがっていただいた。いろいろな仕事で私を指名してくれたが、中でも思い出に残る事業が二つある。

一つ目は昭和62（１９８７）年、十六銀行創立１１０周年記念品の時計の製作である。外形を１１０の数字が横に並んだ形にデザインし、ゼロの部分が時計の文字盤になっている。十六銀行の文字は、デザインの邪魔にならないように小さく入れ、おしゃれな仕上がりとなった。

もう一つの事業は10年後、平成9（1997）年の十六銀行創立120周年記念の十六銀行所蔵品展覧会である。岐阜県美術館を会場に、六十数点の日本画、陶芸作品を展示し、図録を作成する仕事を全て私に任せてもらった。

横山大観、上村松園、岸田劉生、小倉遊亀、加藤栄三・東一、東山魁夷、平山郁夫などなど、十六銀行のコレクションは見事なものだった。中でも川合玉堂の六曲一双屏風「松鶴」は若松と老松が7本、鶴が5羽描かれた縁起の良い図柄で、頭取はこれを正月4日の仕事始めの日に応接室に飾り、新年のあいさつにはその前でお酒を酌み交わした。

ちなみに、図録の表紙には自分の名前にも通ずるので、前田青邨の「鵜」を使わせてもらった。

実は図録がほぼでき上がったときに、間違いがあるのを発見し、全部作り直しになってしまった。図録の製作には約2千万円かかったと記憶しているが、そのときには取締役で総務部長だった浅野さんに大変お世話になった。図録の袋詰め作業も十六銀行の行員を動員してやってくれた。十六銀行には今でも足を向けて寝られない。

岐阜信用金庫もかつての理事長が美術好きで、良い絵をたくさん集めていた。しかし、その理事長が退いた後は、倉庫にほこりだらけの状態で保管されていた。それを当時の職員に見せてもらい、もったいないからきれいにするようにアドバイスをした。滋賀県出身の音瀬晴夫さんが理事長になったときには、所蔵品の展覧会を行い、貴重な作品が日の目を見た。

【滋賀県人会】

滋賀県人は大変結束が強く、全都道府県に滋賀県人会がある。また海外にもパリ、ブラジルのサンパウロのほか、ヨーロッパ滋賀県人会もあり、国内の会とも交流している。

岐阜県の県人会は、滋賀県知事から衆議院議員になった滋賀県出身の政治家・竹村正義さんが、村山内閣で大蔵大臣を務めていた１９９０年代半ばに発足した。ちなみに岐阜市議会議員、岐阜県議会議員などを務め、後に参議院議員となった岩崎昭弥さんも滋賀県の出身で、岩崎夫人も理事をやっていたことがある。

発足時、会長は、トーカイの現社長・小野木孝二さん、理事には岐阜信用金庫の音瀬晴夫さん、岐阜大学医学部の佐治重豊教授ら６人ほど。その中には音瀬さんの推薦で私も入っていた。会員は県内の約200人で会員名簿も作った。

会では毎年、さまざまな活動を行っている。バスツアーでは、車内で滋賀県民の歌を歌い、県内の名所旧跡を訪ね、おいしい近江牛に舌鼓を打つ。地元ゆかりの「時の人」を講師に迎えての記念講演会や、親睦ゴルフもある。

船越英一郎さんとの離婚騒ぎでマスコミをにぎわせた、タレントの松居一代さんも滋賀県の出身なので講演に来てもらったことがある。講演から、松居さんは大変な努力家だということが分かって印象的だった。講演会に呼ばれても弁当を持参し、その代わり食事代も講演料にプラスしてほしい、と言われたのを覚えている。次回は私が講演をすることになっていたが、コロナ禍で中止が続いている。

びわ湖夢王国代表団がブータン王国を訪問

各県人会を取りまとめる全国県人会の会長の役には、元滋賀県議会議長の上野幸夫さんが就いている。元滋賀県知事で、夢のない世の中に架空の王国をつくろうという「びわ湖夢王国」の活動を行っている国松善次さんが、同じ「王国」であるブータンを訪ねる訪問団を結成してブータン国王に会いに行ったとき、私も、上野さんら滋賀県の政財界のトップに混じってブータンに行った。

数年前には、大津市のびわ湖大津プリンスホテルで、世界滋賀県人会を行い、６００人ほどが集まった。私の兄や妹も事務局で会の運営に携わった。

【建装事業部】

百貨店と言うと、物を売るだけの商売と一般には思われているかもしれないが、実はほかにもいろいろな事業を請け負っている。建装事業部もその一つで、年商３千億円から6千億円という規模である。

建装事業部はさまざまな施設の企画、設計・施工、内装などを行う。内装は、室内の設備やカーテン、じゅうたん、設置する家具・道具、装飾品に至るまで引き受ける。内装だけではなく、建物自体を建てる場合もある。

また、東京、大阪に髙島屋工作所という子会社がある。建装事業部はお客さまから注文を取り、工作所に発注して内装に使うものを作らせる。カーテンやじゅうたんなど布地のものは、大阪の住江織物が作る。

髙島屋が手掛けたのは、東京・赤坂の迎賓館赤坂離宮の内部、宮内庁庁舎の内部、天皇の玉座などの皇室関係、国会議事堂の内部、大企業の応接室や会議室、新幹線の座席、一流ホテルのじゅうたんなど、多岐にわたる。陸上のものだけでなく、20世紀を代表する海運王・オナシスのヨットの中も髙島屋が手掛けた。

珍しいところでは、潜水艦の内装というのもあった。私がまだ大阪店に入社したばかりのころだが、ブラスバンド部の先輩が突然、クラブに顔を出さなくなった。会社にも来ていないようだった。皆、先輩がどうしたのか知らなかったが、数カ月後に姿を現したときに分かった。彼は戦後日本で最初の潜水艦「おやしお」（1959年進水）の内装の担当になったのだった。

潜水艦は船体の全重量が操縦や運動性に関係するため、内装に使用する部材や調度品の重さを全て量り、計算した上で設計しなければならない。国家の防衛機密に関わる仕事なので、事前に周りに明かすわけにはいかないし、携わっているときには外に出られない。それで先輩は姿を消していたのだった。

髙島屋岐阜店が受注し、建装事業部が手掛けた仕事は、三甲が建てた岐阜市長良の三甲美術館、岐阜プラスチック工業の創業者・故大松幸栄さんが自宅の隣に建てた大松美術館（現在は閉館中）、岐阜県立図書館の館長室、十六銀行の平湯の保養所などがあった。

岐阜県の公共建築物の多くを高島屋が落札して手掛けたが、印象に残っているのは、県教職員の宿泊施設として平成10（１９９８）年に建てられたホテルグランヴェール岐山である。このときは当時の梶原拓知事が県も出資していいものを造ろうと言い、勲二等に叙せられ、数々の有名な建物を手掛けた建築家・清家清氏に設計を依頼した。内装関係の入札が五つあり、高島屋はそのうちの四つ、家具、食器、寝具、カーテンなどを落札した。

私は東京の清家さんの事務所を訪ね、内装に関する意向を伺った。彼によるブランドの指定に従い、一流のホテルしか使わないノリタケの食器など、こだわって調度品を調えた。担当したのは私だったので、自分で造ったホテルのような気がして、いろいろな集まりにはいつもグランヴェール岐山を使うことにしている。

【都市開発協議会】

１９９０年代初めのバブル崩壊期の後、官民協力して岐阜の中心市街地に活気を取り戻そうという動きが起こっていた。菱和グループ代表の埜本(のもと)修さんが中心となって立ち上げた「都市開発協議会」も、そうした活動の一つだった。

埜本さんは岐阜市出身で、十六銀行に就職したが、４年で独立し、会社を立ち上げた実業家だ。都市開発とビジネスを結び付けるため、岐阜駅前再開発の提言などを行政に対しても活発に行っていた。

都市開発協議会のメンバーは企業、政治家、行政など各界から20人ぐらいで、岐阜の街を今後どう発展させていくかについて意見交換を行っていた。大成建設、鹿島建設、清水建設、大林組、間組（後に、株式会社安藤・間）、十六銀行のトップらに県や市の職員、後の衆議院議員の武藤容治さんが加わり、当時通産官僚だった岸博幸さん、元衆議院議員でソフトバンクの元社長室長の嶋聡（しまさとし）さんなどを講師に迎えていた。髙島屋からは当時次長だった私が参加した。

私は海外を何度も旅行するうち、街にはランドマークとなる高い建築物がなければならないと思うようになった。その街に降り立ったときそれが目印となって、ここはどこの街だ、とすぐに分かるようなものである。例えば、ヨーロッパの古い街の中心には教会の塔がある。街のどこから見てもその塔が見える。あるいは、ベルリンのベルリンテレビ塔、パリのエッフェル塔、オーストラリアならシドニーのシドニー・タワーなどである。

「岐阜には金華山があるが、ランドマークとしてはいまひとつだ、大きいビルを建てよう」と、私は都市開発協議会で熱を込めてしゃべった。

その思いが実り、岐阜駅西に住居と商業施設からなる43階建ての複合ビル「岐阜シティ・タワー43」が２００７年にオープンした。私は既に定年退職して高齢者の仲間入りをしていたので、高齢者向け優良賃貸住宅を借りた。しかし、私の活動の拠点としては狭いし、「鵜飼さんはホテル代わりにあそこを持っているのだろう」と悪口を言われるので、７年ほどで借りるのをやめた。

一つ、あのビルに関する思い出がある。岐阜シティ・タワー43は岐阜市がかつて「井ノ口」と呼ばれていたことにちなみ、中高層階の平面図のデザインに「井」の字を採用し、中央が空洞になっている。中高層階のマンションの各戸の玄関は、手すり越しにその空洞に面している。

たまたま娘の友達が積水ハウスの社長の娘で、あるとき娘が、積水ハウスが大阪の北部に建てた高層ビルが自殺の名所だと聞いてきた。「お父さん、シティ・タワーは注意しないといけない」と言われ、早速シティ・タワーに提言して、たとえ空洞部分に落ちても下まで突き抜けないような、丈夫な網を張ってもらった。人間、年を取ると死にたくなるときがあるものだが、飛び降りても死ねないから、あそこで飛び降りようという人はいないだろう。

【マンション購入】

都市開発協議会を通じて、大垣市に本社のある建築会社、株式会社宇佐美組の社長や役員らと親しくしていた。マンションを買ったら必ず値上がりする、という時期だった。

あるとき、宇佐美組の人から、「鵜飼さん、芥見にマンションを造ったから見に来てください」と誘いを受けたので、妻と一緒に見に行った。説明会にはたくさんの人が集まっており、1戸につき20人ぐらいの申し込みがあった。私は見学に行くだけのつもりだったが、妻に「あなたも買っておいたら」と言われた。どうせ抽選には当たらないだろうと思ったので気楽に申し込んだところ、当たってしまった。当選の連絡をもらったものの、お金がないのでどうしようかと口にすると、「住宅金融公庫で借りられる」ということなので、その手続きをした。

その後、3年か4年たったころ、住宅金融公庫から電話が来た。住宅金融公庫から、民間の金融機関より低い金利でお金を借りられるのは、自分の住居を持たない場合などに限られるが、私の場合は、娘が京都の大学に進学したとき、京都にマンションを買い、そのとき同じく住宅金融公庫からの融資を受けて、まだその返済をしているところだった。それで二つの融資は同時にできないので、「どちらか一つを返済してください」と言われた。私は驚いてお金をかき集め、芥見の方を返済した。そのときは大変なことになったと焦ったが、その後バブルがはじけたので、あのまま借り続けていたらローンの返済が重くのしかかって大変だったと思う。無理してでも返済しておいて良かった。

そのマンションは美術品のコレクションを置くのに使っていたが、住まないのに持っていてもしょうがないと思い切り、１、２年前に売った。世の中は変わり、不動産は買おうと思ったら高いが、売ろうと思ったら安いという時代になってしまった。芥見のマンションは、ほとんど投げ売りのようになってしまった。

【岐阜にＦＭ放送局を作ろう】

１９９２年に岐阜県にも民放ＦＭ局の認可が降り、災害など緊急時の臨時放送としての機能にプラス、地域の活性化や問題解決のための放送局ができればと、開局に向け私は真っ先に手を挙げた。

当時、ＮＨＫのチーフプロデューサーだった津田正夫さん、チーフアナウンサーだった高野春廣さん、チーフカメラマンだった間瀬寿夫さんらをメンバーにして、準備を始めた。

並行して地元選出の国会議員に話を通し、申請団体の中では先行している自分のところが有力らしいという情報を得ていた。

一方、岐阜を代表する大企業の社長が、鉄鋼会社や設計業者の経営者らと組んでFM放送局を作る計画を立て申請に行ったが、受け付けられなかった。「岐阜は鵜飼さんたちという方向だ」と聞いてきたらしく、「鵜飼さんとは何者だ」と突き止めにかかった。

私が髙島屋の社員だと知って、大企業の社長らは東京の髙島屋社長に「髙島屋の社員がそんなことをするなんて、おかしいじゃないか」と抗議に行った。社長がびっくりして、岐阜の店長に「鵜飼がやっているそうだが、どうなっているのか」と電話をかけてきた。

私の方も、会社とは関係なくやっていたのでびっくりしたが、「FM放送局開設については、土日と夜だけしか動いていない。会社には迷惑を掛けていない」と店長に申し開きをし、会社の方は収まった。

大企業社長のグループは岐阜店の応接室にも訪ねてきて、「一緒に組ませてほしい」と私を説得にかかった。しかし、私は「自分はお金もうけのためではなく、町おこしのためにするのだ。広告を取らないで、市民のための電波にする。だから独自でやりたい」と断り、彼らは諦めた。

ＦＭ局を開局するには、供託金が１千万円いる。私はお金がないので、甲賀の母に援助を求めた。

「ＦＭ局を作るから、供託金１千万を都合つけてくれへんか。お母ちゃんには子どもが９人もいるが、勲章をもらう子どもが一人ぐらいいてもええやろ。放送局を作ると４、５年たったら叙勲されるらしいから」

母は、それを聞いて喜んでくれて、「分かった」とお金を準備して、それを枕元に置いていたそうだ。

ところが、そのすぐ後に母が病気になり、お金はそのままになっていた。あるとき、２番目の姉が母の家を掃除に行ったら、枕元に置いてあった包みが札束だった。母は「お母ちゃん、これは何？」と聞かれたが、「武彦にやる」とは言えないので、「きょうだいの分」と返事をした。姉は、きょうだいみんなで分けるために母が用意してくれたものと思い、みんなに「取りに来て」と電話をかけて、ばらまいてしまった。私もそうとは知らず、１００万円を受け取った。

しばらくして、母に「供託金を納めるから」とお金のことを尋ねると、「あれは明子がどないかしたで。武彦、お前も100万もらったやろ」と言われた。それで私たちのFM開局プロジェクトは頓挫してしまった。

FM局はその後、地元の岐阜新聞と中日新聞が共同出資し、岐阜エフエム放送株式会社を設立し、2001年に開局した。

今考えると、普通のサラリーマンなら考えもしないことをやろうとしていた私は、変だったとしか言いようがない。お金がなくて実現しなかったのは、後になってみるとよかったと思う。なぜなら、たとえ開局にこぎ着けたとしても、放送局をやるには維持費がものすごくかかる。人も雇わなくてはならない。にもかかわらず、私たちは、「市民のために広告を取らないでやる」という方針を出していたのだ。できなかったのは、神様が助けてくれたのだと感謝している。

【目の当たりにした中国の力】

岐阜市は昭和54（1979）年、中国・杭州（こうしゅう）市と友好都市提携を結んだ。その20周年を祝う記念式典が平成11（1999）年に杭州市で行われ、当時の浅野勇岐阜市長率いる訪中団が訪れた。その一行に私も加わった。

私たちは、岐阜の昭和コンクリート工業が造った高層ホテル「杭州友好飯店」に泊まった。このホテルは、昭和59（１９８４）年に杭州市とのホテル合弁事業契約により建設され、61（１９８６）年にオープンした。そのときの契約で、14年後の平成12（２０００）年に合弁事業の期間は満了となり、その建物は中国の所有になるという取り決めがなされた。したがって、私たちが訪問した翌年には中国のものになると、そのときの昭和コンクリートの社長が言っていたのを覚えている。

それを聞いて、中国は外国資本を入れるに当たって、何年も先を見据えて事業を行っていることに感心した。中国側は、あくまで「ホテルを建てさせてやる」というスタンスである。

後年のことになるが、岐阜県と友好提携を結んでいる中国・江西省に行った時も、中国のすごさを感じたものだ。

岐阜県・江西省友好提携が締結されたのは昭和63（１９８８）年だが、締結20周年と30周年の記念式典の際、私も訪中団の一員として江西省に行った。

20周年のとき、日本でいえば外務大臣のような役割の人が、体育館のような場所を案内してくれた。そこには立体的なジオラマで江西省の中心部の模型が展示されていた。まず、現状を示すためにボタンを押すと、その時点で存在する建物に明かりがついて浮かび上がる。次に10年後のボタンを押すと、田んぼだったところに新しいビルが浮かび上がる。さらに別のボタンを次々押すと、20年後、30年後の構想が目に見えるようになっていた。

10年後の30周年にも再び江西省を訪れたが、果たして街は最初に行ったときとは全く違う風景になっており、あのときジオラマで見せてもらったように発展しているので感心した。江西省の知事は女性だったが、江西省の経済は毎年30％の成長率だと言っていた。中国には何度も行っているが、行くたびにその変容の目覚ましさに驚かされる。

観光地もどんどん変わっている。陝西省西安市の秦始皇帝陵と兵馬俑坑は、世界遺産に指定され、人気の観光地の一つだが、私が初めて訪れたときはだだっ広い田んぼの真ん中にあった。しかし15年後に行ったときには辺りはきれいに整備され、30年後に行ったら、立派な一大公園になっていた。

中国は共産党一党支配なので、国家予算の配分も政府の思うままで政府がつぶれる心配もなく、会計における貸し借りのバランスなど考える必要もないだろう。土地は国有なので、建てたい物を建て、用がなくなれば壊せばよい。ただし、私たちが見せられるのは良いところばかりで、いい目を見ているのは権力のある共産党、国家機関、人民解放軍など一部の人間だけのようだ。中国政府の高官から差し出される名刺には、中国国旗のように赤旗に五光星を配したマークがデザインされているが、特に地位が高い人の名刺に印刷された星は金色に輝いていていかにも誇らしげだ。

だが、超大国中国の成長の陰には、貧富の格差、少数民族の人権問題など、大きなひずみが生じているのは明らかである。

素粒子の世界まで

私は物事を考えるとき、「元は何か」を考える。物質は元をたどると、原子核や電子という量子の世界に行き着く。量子の世界はまだ、完全に解明されてはいない。こういうことを勉強していると、ビジネスを考えるときも、元をただしていくと、何が値下がりし、何が値上がりするか、何がもうかるか、ということまで答えが決まってくる。

世界にスーパーコンピューターが約５００台あるうち、日本には26台、米国には１２４台あるが、中国はというと２００台以上ある。さらに中国では今、量子コンピューターの開発をどんどん進めている。従来のスーパーコンピューターで計算すると数億年かかる計算が、量子コンピューターで計算すると一瞬でできる。10年先、科学分野でのノーベル賞を取るのは中国だろう。

これまで日本はノーベル賞をいくつももらってきたが、これからは事情が変わってくるだろう。皆、ノーベル賞は賢い人がもらうと考えているが、それだけではない。例えば、ノーベル物理学賞に輝いた小柴昌俊さんは、カミオカンデという施設ができたことによって理論が実証され、受賞につながった。これらの設備は莫大なお金がかかるが、中国は今、すごい勢いで資金を投じ、「元の元」を究明する設備を造っている。加速器もその一つである。粒子を高速でぶつけて衝突させ、加速実験を行う装置である。その大きさは、円周が100キロのドーナツ形で、東京23区がその中に入るぐらいの規模という。

20年ほど前、私は兵庫県の播磨科学公園都市にある、Spring-8という大型放射光施設を見に行った。電子を光とほぼ等しい速度まで加速して、放射光を発生させる加速器は全長3キロぐらいあった。この放射光を使った幅広い研究が行われていた。その施設で研究しているのは、ロシア、英国など外国から来た人が多く、日本人は1割ほどだった。日本がそれだけ進んでいるということである。1997年に使用開始され、莫大なお金をかけた研究の成果は今、出てきている。

中国・貴州省に巨大電波望遠鏡「天眼」ができた。パラボラアンテナのようなお皿だが、直径５００メートルという、桁違いの大きさだ。１３７億光年以上離れた宇宙からの電波信号を探知できるという。中国は今、そのようなレベルに達している。

【定年退職】

60歳の定年の4、5年前からは、岐阜に身を置いていながら所属が関西事業本部、京都店、岐阜店と替わったりした。

当時の梶原知事、須田寛ＪＲ東海社長と会って、話をした折、ＪＲ名古屋駅に隣接した百貨店を造る、松坂屋に出てもらう、という話を聞いた。ＪＲ東海の初代社長の須田寛さんは、京都府画学校の教師で洋画家だった、須田国太郎の息子さんで、私はご縁を感じた。

私は「松坂屋さんと組んでも、松坂屋は本店が名古屋の栄にあり、名古屋駅にも既に店舗がある。ＪＲと組んでも、栄の本店を守るために店を出すのであって、本店より良い店は期待できない。組むなら、松坂屋以外がいい。となると、大丸、伊勢丹、高島屋しかない。しかし、大丸は大阪駅、東京駅、伊勢丹は京都駅にある。残るのは高島屋だ」というふうに話を持っていった。

そして、髙島屋の方には「名古屋駅に百貨店ができることになった。その話がそちらに行くので、良い話ができるように準備しておくように」と知らせた。話は一気に決まり、私は開店準備のため、毎日車で迎えに来てもらい、名古屋に通った。平成12（２０００）年3月、ジェイアール名古屋髙島屋が開店した。

その年の3月末に、私は定年退職を迎えた。

42年間を振り返ってみると、やりたいことだけやって、遊び半分に勤務していたように思う。会社から見たら、私は売り上げはたくさん作るが、不良社員のようなものだっただろう。自分でも私のような部下がいたら、いつ首が飛ぶか分からないからかなわない、と思ったかもしれない。

未来博で岡本太郎さんの塔を作っているとき、店長に呼ばれた。私は当然褒めてもらえると思って上がっていったが、逆にひどく叱られた。「おまえは勝手に未来博のシンボルをやっているが、あんな年寄りと組んで、もし途中で亡くなったらどうするんだ」というのである。そういう上司もいたが、最初に私を呼んでくれた村井さんのような人もいた。いろいろな人に助けられ、そのおかげで悪い道にも走らず、自由にやらせてもらったことに感謝している。

男女がペアの日本という国

「君」は二人称の代名詞であるほか、民を支配する天子などを指したりする言葉だが、古代における意味合いについて私には持論がある。

――君「き・み」という言葉は「男と女」を表わす音を元にできている。例えば、「き」は日本の国造り神話の「いざなぎ」の「ぎ」、「み」は「イザナミ」の「み」、あるいは「おきな」の「き」と「おみな」の「み」というように、「き」は男を表わし、「み」は女を表わす。したがって「きみ」といえば、男と女のことになるのだ――

言葉と深い関わりを持つのが文化。日本の文化が男と女を一組として成り立っている事例はいくつもある。

例えば、祝い事に使われる紅白の色の、赤は女を、白は男を表わす。神社の巫女(みこ)は赤いはかまに白の上衣を着ている。祝い事の進物を包むのに使う紅白の水引、めでたいときに飾る紅白の幕など、男と女を一組として、子孫を残し、繁栄していくことにつながる。

白は男の精液、赤は経血を表すという説がある。チベット密教でも、亡くなった高僧の頭蓋骨の中に漆を塗って器とし、男女の液を入れて行うお祈りがある。紅白の意味は、チベット仏教が日本に入ってきたころからの概念である。

日本の言葉には、男と女を表す文字を一つずつ組み合わせて、2文字で一つのものを表わす言葉がたくさんある。例えば、麒麟（きりん）の麒はオス、麟はメスを表わす。鳳凰（ほうおう）の鳳はオス、凰はメスを表わす。オスとメスが対になって、一つの概念を表わしている。

こんなことを調べたり考えたりしていると、楽しくて時間を忘れる。

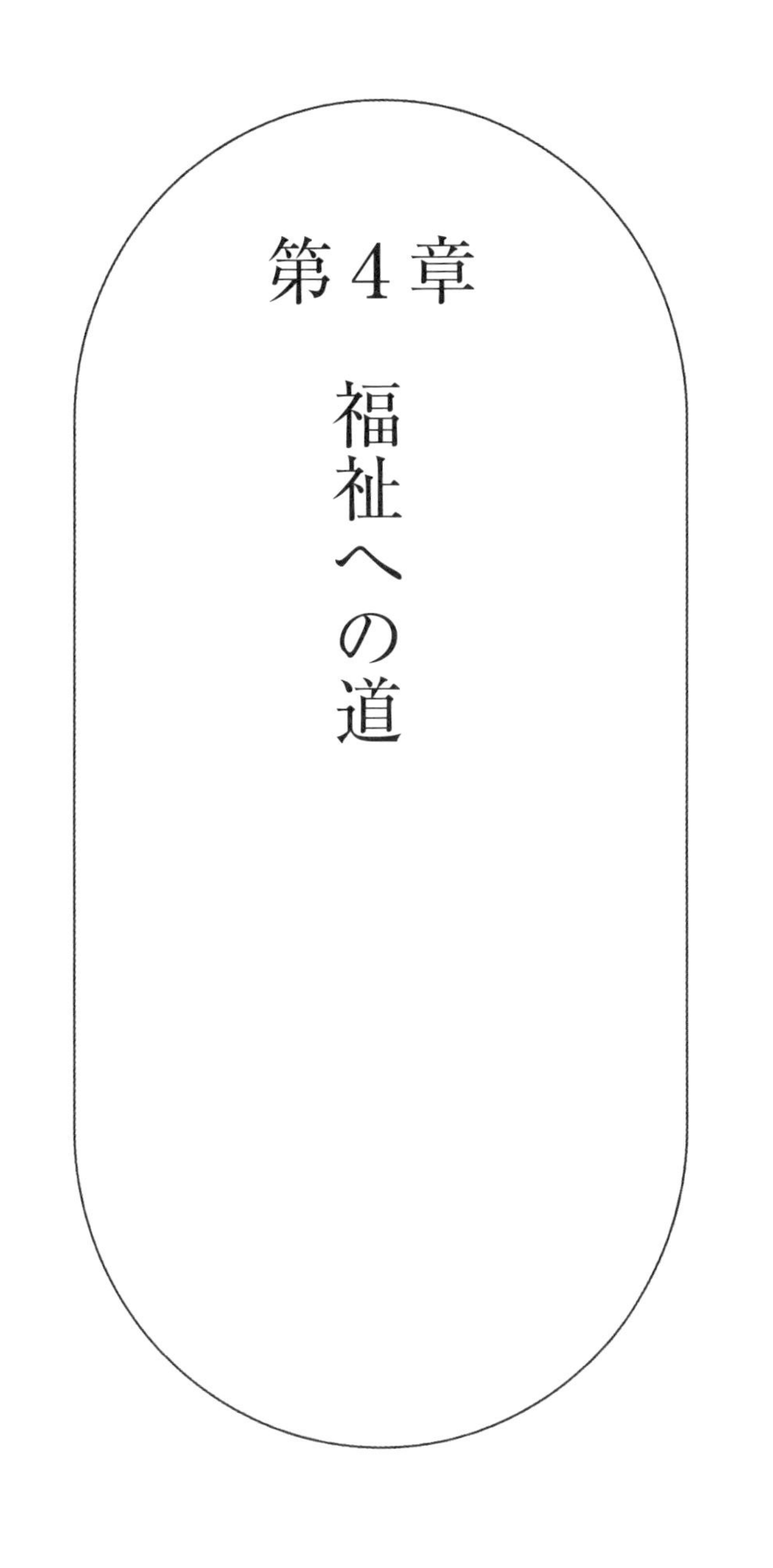

第4章

福祉への道

【新たな幕開け】

高校を卒業し、故郷の甲賀を出てから42年間勤めた髙島屋だったが、定年退職を迎えても、特別な感慨はなかったように思う。

岡山にも家が残してあるし、京都にもマンションがあったので、どちらかに移ってもいいなあ、と漠然と思っていた。「岐阜にいてもやることがないので、関西に戻ろうかと思う」と、かわいがってくれていた十六銀行の清水頭取にふと漏らしたら、「仕事をあげるから、帰るな」と引き止めてくれた。

清水頭取は、「仕事」として、銀行の窓口で客に販促品として渡すアルミホイルやティッシュなどを妻が社長をする会社ユー・アイ・シーに注文してくれた。アルミホイルを作っているのは三菱マテリアルという東証一部上場の大企業で、普通だったらユー・アイ・シーのようなちっぽけな会社との取引はあり得ないが、その販売先が同じく一部上場の十六銀行なので、取引させてもらうことができたのである。うちの会社では、十六銀行の各支店別の発注数リストをもらい、それを三菱マテリアルにファクスで送る。三菱マテリアルはそれに従い、品物を運送会社に渡し、控えをユー・アイ・シーに送る。それを計算し、合計して十六銀行にファクスで送ると、お金が私の会社に振り込まれ、そこから三菱マテリアルに支払いをする。仲介業者であるうちの会社には、仲介手数料として十数％が入る。このようなおいしい商売だった。

そもそも私が清水頭取を好きになったのは、ある出来事からだった。清水さんは、部下の家族が暮らしに困っているとき、自ら取り仕切って仕事を与え、助けてあげたことがあった。銀行頭取という地位にありながら、親身になって部下を助ける、そんな非常に人間味のある一面を持っており、私のときもそんな清水さんの温情に助けてもらい、数年間、この商売をさせてもらうことになった。

後に、私が福祉事業を始め、事務所で大きな机が必要になったときにも、清水さんは銀行で余っていた30万円以上もする立派な机を寄付してくれた。

こうして、私は岐阜にとどまることになった。今は、髙島屋岐阜店の社員として岐阜に住んだ年月よりも、定年退職後の年月の方が長くなった。振り返ると、髙島屋が私の人生で占める割合は1割以下で、退職後の方が、活動の量、質ともに、密度が濃い人生になっている。

【ユニマットとの縁】

定年退職後、私はもう一つの仕事に恵まれた。それが今も続けているユニマットという会社の顧問である。

ユニマットグループ（高橋洋二代表）は東京に本拠地を置く総合サービス業グループである。私が直接関わっている株式会社ユニマットライフは、全国に事業所を展開し、オフィスへのコーヒーや飲料水の供給、備品のリースなどをしている。コロナ感染症がはやり始めると、コンパクトな空気清浄機、体温測定器、ＰＣＲ検査キット、次亜塩素酸消毒液などをすぐに扱い始めた。実に「機を見るに敏」な会社である。

私は、例えば、社員が問題に巻き込まれたとき、裁判にした方がいいか、示談にした方がいいかなど、相談を受け、アドバイスする。そんな役割である。

ユニマットとの関わりは、髙島屋時代にさかのぼる。

私が外商のマネジャーだったときに、ユニマットライフの河野哲治さんという人が、しょっちゅう髙島屋を訪れていた。私は90人以上いる部下が外の仕事に出て行った後は暇なので、よく彼と喫茶店で話し込んでいた。

彼は髙島屋1階のイベント広場にコーヒーショップを出させてほしいと、何度も頼んできた。当時は岐阜店の1階はピロティになっており、建設時の取り決めで売り場にしてはいけないことになっていたので断るしかなかった。それでも河野さんは「ワゴンを出すならいいだろう」「売り上げの何%を払う」など、いろいろと提案した。結局、望みをかなえてあげることはできなかったが、彼は話が面白く情報交換もできるので、髙島屋との取引はなかったが、彼との付き合いは続いた。

私は定年退職してから顧問に就任し、最初は名古屋に通っていたが、だんだん通う回数が減り、現在は岐阜の事業所に週1回通っている。なじみの河野さんが今はユニマットの役員になっているので、居心地が良い。

ユニマットは平成15（2003）年に上海に進出し、中国でのオフィス・コーヒー・サービスを開始した。中国では基本的にロンジン茶などお茶の文化が主流で、コーヒーを飲む習慣がなかった。しかし、都市部のおしゃれな若者の間ではコーヒーも浸透しつつあった。最初は、上海に事業所を置く日本を含めた外国の企業がターゲットだった。それらのオフィスにコーヒーメーカーを無料で設置し、レギュラーコーヒー紛を売るという販売法である。

当時、上海には7万人ほど日本人がいた。私も、つてを使ってユニマットをいろいろな企業に紹介した。岐阜県や十六銀行、大垣共立銀行などのオフィスを回ってお願いした。私の妹の節子のパートナーが京セラオプテックの社長をしていたので、そのつてで、約8千人の従業員がいる京セラの上海工場にもお願いに行った。

そのころ感心したのだが、河野さんは6カ月ほど中国にいる間に中国語が流ちょうに話せるようになった。

ユニマットも私が初めて関わったころからは、ずいぶん変わった。グループ代表の高橋洋二という人は一つの分野にとどまらず、いろいろな分野にどんどん進出していく少し変わった経営者だ。グループの手掛けている事業は、オフィス、リゾート、美容・健康、教育、飲食、介護、メンテナンス、不動産、エクステリアなど、多岐にわたる。

リゾート事業ひとつ例にとっても、規模がとてつもなく大きい。宮古島に10キロメートル以上にわたる海岸沿いの土地を買い、何種類かのリゾートホテル、ゴルフ場、ヨットハーバーなどを造っている。売るのは物品やサービスだけではない。会社をつくって、成長させ、その会社自体を売ることもある。例えば、現在のジャパン・ビバレッジは、ユニマットが設立した自動販売機などの会社で、それをJTに売ることで大きな利益を得た。そのほか、イタリアの高級家具の会社カッシーナと独占代理店契約を結び、製造販売を行っているのもユニマットである。老人ホーム

「そよ風」、ゴルフ場、美術館に至るまで事業の範囲は広いが、ユニマットの名を表に出さないので、一般の人にはあまり知られていない。こうしたやり方や幅広い事業内容は、忍者の血を引いて裏で方々に手を回す私のやり方に通ずるところがあり、私には性が合っている気がする。

【ＮＰＯ活動】

退職したころ、世の中ではＮＰＯ（民間非営利団体）活動の風が吹いていた。平成７（１９９５）年の阪神淡路大震災の被災地で、ボランティアが活躍したことをきっかけとし、ボランティア活動の価値や意義が見直され、平成10（１９９８）年に特定非営利活動促進法が成立、さらに翌年には認定特定非営利活動法人制度も作られた。

岐阜県でもいろいろなＮＰＯや、あるいはＮＰＯ設立を志す人々が中心となって、ＮＰＯセンターをつくろうという気運が高まっていた。私は以前から仕事の傍ら社会活動に積極的で、さまざまな団体やグループ活動を通じて、行政の人や大学の先生など多くの人とつながりをもっていた。そこで、ちょうど定年退職して暇になった私に白羽の矢が立った。県庁近くの２階建ての建物を県が無償で貸してくれ、その中に12（２０００）年、ぎふＮＰＯセンター事務所を開設し、私はボランティアで初代センター長になった。

発足したばかりのぎふＮＰＯセンターには、ＮＰＯ法人をつくりたいという人が何人も訪れるので、そういう人たちに、ＮＰＯ法人をつくるための手続きや書類の書き方などを教えた。ＮＰＯ法人になると、社会的な信用を得られるため活動しやすく、また公益性が認められることで税制上の優遇措置も受けられるので、ＮＰＯ法人格を取得したい団体はたくさんあった。

多くのＮＰＯ法人が岐阜県にできると、それを一つに束ねる組織として、岐阜県ＮＰＯ連絡協議会ができて、私はその初代会長になった。そのころ、身体障がい者や介護の必要な人を車に乗せて運ぶ福祉輸送サービスをＮＰＯが有償でできるように、制度を変えてもらおうという動きが全国で起こってきていた。私も県ＮＰＯ連絡協議会会長として、岐阜県の警察や公安委員会との話し合いを設け、実現への後押しをした。18（２００６）年の法改正でこれは実現した。

県や市に意見や要望を言うとき、「鵜飼武彦」個人で訪ねていっても相手にされないが、県ＮＰＯ連絡協議会会長として県内ＮＰＯ全体の立場で申し入れると、きちんと場をつくってくれて、担当部長や課長、時には行政のトップが話を聞いてくれる。物事を通すには、団体にしないといけないのだと、このとき分かった。行政にもＮＰＯとの協働を重視する姿勢ができつつあり、私は誰とでも会えるようになった。

ＮＰＯの認定を受けようとする団体が実際に申請書や定款を作るときは、自分の行政法務事務所でビジネスとして請け負った。ＮＰＯ設立の許可を出すのは県で、その担当課長とは連絡を密に取り、ＮＰＯの認定手続きがスムーズにいくようにした。とはいうものの、県に届けを出し、受理されてから2カ月間の縦覧期間がある。何も問題がなければ、審査に入り、通れば設立されるが、申請からそこに至るまで最低4カ月かかった。

ぎふＮＰＯセンターは15（２００３）年に特定非営利活動法人となり、現在はシンクタンク庁舎内にある。

【岐阜市長選出馬】

平成12（２０００）年の秋か冬に近いころ、当時住んでいた岐阜市長良福光のマンションの鉄のドアを、未明の3時ごろ大きな音でたたかれて目が覚めた。妻は「あなた、何か悪いことをしたのじゃないの」と怖がった。それは岐阜新聞の記者で、「鵜飼さん、今度、市長選挙に出ることを今日の新聞に書きました」と言う。

私はまだ選挙に出るとも何とも言っていないので、驚いて、「（新聞社の）杉山社長を知っているから、言って止めてもらう」と言ったが、「もう刷り上がっているからだめだ。了解してほしい」との返事だ。了解も何もない。

その後、名古屋のユニマットに出勤しようとしていたら、中日新聞の記者が「鵜飼さん、名古屋まで車で送りますから、話を聞かせてください」とやってきた。仕方がないので、それまでの経緯を話した。

岐阜市長選の選挙事務所

当時は、作家の田中康夫氏が長野県知事選に出馬し、無党派層やボランティアによる市民運動型の選挙で圧勝し、注目を浴びたころだった。そこで、村山内閣で内閣官房副長官をやっていた渡辺嘉蔵さんや、無所属の岐阜県議会議員、岐阜市議会議員らが「ＮＰＯセンターをやっている鵜飼を出馬させれば票が集まるぞ」と相談し、出馬の話が出ていたのだった。結局、新聞に載ってしまったので、元々「よそもの」で、「地盤、看板、かばん」のどれ一つない人間が、出馬せざるを得なくなってしまった。

応援してくれた人のなかには、岐阜市議会議員の服部勝弘さんがいた。服部さんと私は、共に写真が趣味で、岐阜新聞写真協会でも親しくなっていた。

最初は、私を担ぎ出した人々に選挙運動はお任せだったが、次第に私も各地を回り、熱を込めて訴えるようになった。

投票日は13（２００１）年1月28日で、1年でも一番寒いときに、車の後ろの窓を開け、手を振らなければならない。白い手袋は雨や、時にはみぞれや雪でぬれ、冷たい風にさらされ、手がちぎれるほど冷たい。感覚がなくなって、自分の手とは思えないほどになっても、人がいればにっこり笑って手を振らねばならない。地獄のような経験をしながら「政治家さんはみんな自分の思い通りにはできない、皆担がれてやっているんだなあ」と思った。

選挙に出てよかったのは、それまで知らなかったいろいろなところに選挙運動のために行けたことだ。例えば中国人がたくさん就労している瓦工場や縫製工場があり、岐阜にもこんなところがあるのかと思った。そういうところで人が七、八十人も集まれば、演説をしなければならない。今思えば、中国人は選挙権がないから話をしても票にはならないが、日本語もあまりしゃべれない若い女性たちが一生懸命、聴いてくれた。

知らないうちに担がれて出た選挙だったが、私は福祉を向上させたいとか、弱い人のために市政を行いたいという姿勢を貫いた。例えば、建築土木関係の人たちから働き掛けがあっても、自分のそういう姿勢を示すと、「鵜飼を応援しても、自分らのプラスにはならない」とすぐに離れていく。現職の浅野市長が劣勢だったときの選挙で、チャンスがあると見た建築土木関係者らは、自分たちにプラスになる候補を立てた。私が人の言うことを何でも聞くロボット候補だったら当選したかもしれないが、そうではなかった。選挙運動終盤には渡辺嘉蔵さんも私の応援にあまり力が入っていないようだった。選挙に候補を立てるのは、必ずしも立候補した（させた）人を支援するためではなく、自らの票田を守り、それを生かしておくためでもある。選挙とはそうしたものかもしれないが、それを知って寂しい気がした。

結果は、浅野さんが次点と競りながらも、1万1千票ほどの差で現職の座を守った。私は落選したが、予想を上回る約1万7千の票を集めて大健闘だった。大垣市出身の前内閣府特命担当大臣の棚橋泰文さんが、平成5（1993）年に初めて旧岐阜1区から衆議院議員総選挙に立候補したときより、私が集めた票の方が多かったそうだ。

選挙自体はつらいこともあったが、面白くもあった。男で金があったら、一度はやりたいのではないだろうか。そして1回でも当選したら、クセになるに違いない。立候補すると、利権を求めて知らない人がいっぱい寄ってくる。ちょっと選挙に出させてもらっただけで、政治のことが分かり、いい勉強になった。選挙もビジネスで、たすき一つとっても、雨用と晴れ用があり、1枚2万円もする。スペアがいるので、たすきだけで8万円かかる。そんなささいなことでも、中に入ってみないと分からないものだ。

選挙出馬について、妻は最初から反対で、会う人ごとに「鵜飼に投票しないで」と言っていたらしい。また、恥ずかしいことに、それまで私は政治に疎く、民主党と社民党の区別もつかなかった。私の後ろ盾になった渡辺嘉蔵さんがいた民主党が、政権与党に対してどちら側の立場かということもよく知らなかった。選挙運動中、裁判官をやっていた娘が、私が「民主党」ではなく「社民党」から推薦を受けたと伝え聞いたらしく、「父親が社民党の推薦で選挙に出たとなると、私に出世の道はない。お父さん、子どもはいないと思って。私もお父さんはいないと思うから」と泣きながら電話をかけてきた。思いもよらないことだった。

落選はしたが、次の立候補を期待する向きもあった。しかし、妻に「私は静かに暮らしたい。選挙に出るような人と結婚したつもりはない。立候補をやめるか、離婚するかにして」と迫られた。妻を守れなかったら市民も守れない、と心を決め、私は再度の出馬は諦めた。

結局のところ、今はあのとき当選しなくてよかったと思っている。そのおかげで立場に縛られることもなく好きなことを言って、今日も元気にやっている。

一方、得たことも多い。選挙に出たことで、名前が知られ、信用も得て、その後の活動にプラスになった面もあった。選挙に出ていなかったら、現在の障がい者福祉事業もこんなに一生懸命やらなかったかもしれない。市民のための市政について考えたことで、「何かしないといけない」という思いを持つようになった。また、「選挙運動のことを思ったら、施設の経営なんて易しいものだ。みぞれのなか、手がちぎれる思いをして手を振らなくてもいい」という妙な自信を与えてもらった。

これは余談だが、かつて都市開発協議会に警察庁出身の議員の人がいた。その人によると、「警察は地方自治体の首長の身辺情報を詳細につかんでいる」という。私が市長選に出たとき、岐阜のある警察署の署長さんが、「あなたのことを全部調べさせてもらったが、何も悪いことがなかった」と言ってくれた。何事も中に入らないと分からないものである。

岐阜新聞の杉山幹夫最高顧問に時々会うと、「鵜飼さん、選挙は絶対出たらだめだよ」といまだに年に何回かは冗談を言われる。今では笑い話のようになっている。

【あけぼの会との出会い】

市長選挙に落選して少したったころ、選挙で私を応援してくれた服部勝弘さんから「鵜飼さん、市民全体のためにすることもいいが、弱い人のために何かするのもいいのじゃないか」と声が掛かった。それが、精神障がい者の家族の会「あけぼの会」との出合いだった。

あけぼの会の会長は、小学校までしか行けなかった人で、３人の子どものうち２人に精神障がいがあり、会の運営に苦労していた。役所に提出する書類の書き方が分からず、受け付けてもらえずに困っていた。そこで市議会議員の服部さんに泣きつき、服部さんが私に声を掛けたのだった。

あけぼの会は会員が30人足らずの小さな会だった。あけぼの会がやっている施設を見に行くと、冬は隙間風が吹く、寒い、汚い建物を借りてやっていた。

私は「自分が役に立つのだったら」とあけぼの会の顧問を引き受け、補助金を申請する書類を調えて、家族の会のメンバー数人と岐阜市役所の窓口に行った。すると市長選挙で顔や素性が知られていたせいか、福祉部長が出てきて、別室に通され、お茶と茶菓子まで出された。それまでは書類を持っていっても窓口で立ちん坊状態で放っておかれたそうだが、私が行ったら申請書類はすぐに受理され、待遇が全く違うので、会のメンバーは驚いてしまった。それからは会の人たちに「鵜飼先生、鵜飼先生」とちやほやされるので、私も顧問を続けるうち深みにはまってしまった。

【NPO法人あけぼの会へ】

あけぼの会は最初、作業所を二つ、グループホームを一つ持っていた。その後、平成14（2002）年に三つ目の作業所を開設した。資金がないのでいずれも設備が悪く、汚いところだった。

私は岐阜市の収入役を知っていたので相談すると、いろいろとアドバイスしてくれた。「無法人格で援助を願い出ても幽霊と一緒だから、たいしてお金が出ない。法人格を取るといいでしょう」と言われ、社会福祉法人を設立することを考えた。

私が理事長となり、市の弁護士会会長、税理士会会長、収入役など各方面のトップに、法人の理事などとして名を連ねてもらうよう段取りし、社会福祉法人設立の申請をした。

しかし、法人化に向けて動き始めると、あけぼの会の会員たちが反対し始めた。それまでは、市から受け取っていた補助金に関して、まともな帳簿も作らず、厳密な報告もしていなかった。ところが社会福祉法人には予算、決算の厳しい報告義務があるので、あいまいな支出は許されない。

また、障害者自立支援法の施行により、それまで支援費制度の対象に含まれていなかった精神障がい者にも、この制度が適用されることになった。したがって、支援費の給付は、障がい者１人の支援に対していくら、という計算で行われるようになるので、実際にかかる費用や負担をきちんと計上しなくてはならない。

そのうちに会の役員たちが、現場で実務をしているわけでもないのに、「自分にも給与を出してほしい」と言い始めた。だが、法人となったら、職員をきちんと雇用し、全てのお金の出入りを公表しなくてはならないので、「それはできない。職員でない人にお金は出せない」と断った。すると「鵜飼に会のお金を取られた」と、さらなる会員の反発を招くこととなり、とうとうそれまでの職員たちも「鵜飼を辞めさせよ。辞めないなら自分たちが辞める」と迫ってきた。

普通なら職員が辞めたら続けられなくなるので、自分が折れるところだろうが、私は正しいと思うことは断固貫くことにしているので、従業員が一斉に辞める事態となった。そこで社会福祉法人設立の計画は白紙撤回となった。

しかし、とにかく施設は続けないといけないので、私はすぐに募集をかけて人を集めた。計算ができない人や、まともに字が書けない人などもいたが、とりあえず数をそろえて乗り切った。そのころが施設運営においては一番大変な時期だったと思う。

私は、社会福祉法人は諦め、あけぼの会をNPO法人にすることを考えた。NPO法人なら行政手続きがもっと簡単で、柔軟に動ける良さもある。社会福祉法人は、強い公的規制の下で設立、活動する特別な法人で、車に例えると、社会福祉法人はバス、NPO法人は軽自動車ぐらいの違いがある。その代わり、社会福祉法人は半分公の施設のようなものなので、国からの助成金は多い。ただし、個人として出資しても法人のものになって、自分に返してもらえず、やめたら国のものになってしまう。

18(2006)年2月に、あけぼの会本部を現在の大宝町に移し、同年4月、NPO法人あけぼの会(鵜飼武彦理事長)は認証された。

あけぼの会の施設をNPO法人が引き継いだ後は、やはり以前より運営上の手続きや報告書の作り方などが込み入っていて、最初は書類の書き方も分からない人ばかりだから苦労した。しかし、出勤簿や仕事の割り当てなど、表を作ってきちんと管理し、自立支援法に基づく支援をして、報告書も提出した。こうしてあけぼの会は何とか山を乗り越え、精神障がい者を支援する活動の土台ができた。

【サンライズで再出発】

私は、三歳町に競売物件の４階建てビルの一部を買い、きれいに改修して、現在の就労継続支援施設の第一サンライズを開設した。また、同じビルに旧来の施設の一部を移転した。

ところが、「百貨店の社員だった者が、あんなビルを買えるわけがない。きっと鵜飼は何か悪いことをしているに違いない」と疑った家族の会の会員らが登記を調べに行った。そのビルは、土地が10筆ほどに分かれており、その上に県が建物を建て、３施設がそこを共有し、店舗、倉庫、住居と登記も別になっている。すると素人にはややこしくてよく分からず、狙いの物件ではなく、別の物件の登記簿を取ってきてしまったらしい。「違う人の名前で登記されている」とますます怪しみ、税務署や役所の福祉部に報告に行ったらしい。

そのため、税務署や役所、家族会の人たちが、事務所や施設を頻繁に訪れ、帳簿を調べていった。

実際、施設の建物は妻の会社ユー・アイ・シーで買い、NPO法人あけぼの会は賃料を払って施設を運営している。たとえあけぼの会の経営が悪化し、賃料を支払えなくとも、大家は私の身内のユー・アイ・シーなので、あけぼの会が困難な状態に陥るリスクを避けることができるためだ。

何度も調べられたが、当然、怪しいものは出てこない。ただ、「あけぼの」の名前を使い続けると紛らわしいので、NPO法人が旧あけぼの会から引き継いだ施設「あけぼの苑」も、「あけぼの」を英語にして「サンライズ」と名称を変更し、再スタートすることにした。

現在は、NPO法人あけぼの会の施設が九つ、それ以外に、一般社団法人恵水会の事業が二つ、株式会社恵水会の施設が三つの、計14の施設を運営しているが、これらの本部は皆、大宝町の事務所にある。ここには行政法務事務所と有限会社ユー・アイ・シーもあるの

あけぼの会の第1サンライズビル

で、これらの経営がごちゃまぜにならないように、細心の注意を払っている。あらぬ疑いをかけられてもつまらない。

一番問題になるのはお金だが、経理は社員に任せ、私は判を押すだけである。１円のお金も通帳に入れ、通帳の管理も社員が行っている。また、狭い事務所ながら、電話を６台置き、法人ごとに使い分けている。事務機器には、色のついたシールを張って、どの法人のものか見分けが付くようにしている。

【苦しい精神障がい者施設の運営】

家族に身体や知的の障がい者のいる人は、外から見てもそれと分かるので隠さないで、身内以外にも積極的に支援をお願いする傾向がある。だが、精神障がい者の場合は、よそから見てもそれと分からないし、私が知る限り家族も自分から「家族が精神の病を患っている」などと言わないようだ。また、こちらも自分の周りの話ではあるが、精神障がい者の家族は仕事を思うようにできず、家庭が豊かな人はあまりいない。家族の会は外に対してＰＲしないのでバックアップがあまり得られず、資金力もないので力が弱い。

前に、ＦＭ局を結局やらなくてよかったと述べたが、同じ利益にならない活動でも福祉事業だと、ＦＭ事業と違って国から支援費という形でちゃんとお金が入ってくるのはありがたい。

福祉事業の支援費では、精神障がい者に対する支援費が一番少なく、老人が一番多い。例えば特別養護老人ホームをやると、国から利用者1人につき1カ月約55万円支給される。10人の利用者がいれば、1カ月550万円ほどになり、食費や諸費用、人件費を引いても経営者の手元にかなり残る。だから、老人ホーム事業に手を挙げる病院は多い。

精神障がい者の場合、これが1人につき1日約5千円なので、1カ月約10万円から11万円である。しかし、従業員は同じ数だけ必要なので経営は苦しい。だから精神障がい者の施設をやりたがる人は少ない。ほかに手を挙げる人がいないから、私のやっている施設がどんどん増えて、非病院系では施設規模が県内一番になった。

従業員の給与も高齢者施設などに比べ抑えざるを得ない事情があるとはいえ、あけぼの会の施設に勤めている人は皆神様みたいだと感謝している。

福祉事業をやるようになって、私はあちこちに支援をお願いし、皆さんに助けてもらいながら何とかやっている。

かわいがってもらった十六銀行に「あけぼの会というのをやっている。余っているものがあったらほしい」と言うと、トラックにいっぱいくれた。事務所の真ん中に置いてある幅2メートル以上ある大きなテーブルも、十六銀行にもらったものだ。買えば30万円ぐらいする立派なもので、大変重たいが、日本財団からの助成でもらった福祉車両の一つにリフトがついているので、それを使って自分で運んだ。

あけぼの会の施設にはグランドピアノもある。岐阜市で音楽教室をやっている波多野有紀さんにバイオリンを弾いてもらったとき、「伴奏にピアノがあったらいいな」と言ったら、ピアノを寄付してくれる人がいたおかげだ。

事務所にある黒板や人工大理石のカウンターは、名古屋のアソシアホテルの建て替えのときにもらった備品である。また、ユニマットが備品を買い替えるとき、捨てるならちょうだいと言って、リフト付きの車で一人で取りに行った。

コピー機は現在はリースだが、以前は社会福祉事業団でもらったものを使っていた。

寄付や助成の申請も、やっているうちにそのやり方を覚えた。これで資金が潤沢にあったらできるようにならなかっただろうが、貧乏だったから身に付いた。車は日本財団から4、5台もらうことができた。今の日本財団の会長は笹川良一さんの三男の笹川陽平さんで、財団のパーティーに行ったら、小池百合子東京都知事さんもおられて一緒にお話しすることができた。

この年になって分かったのは、自分のためだと人は何もしてくれないが、「人のため」と言うと、みんなが助けてくれるということだ。そういう「人を助けよう」という気持ちは尊く、本当にありがたい。

【自立支援法から総合支援法へ】

福祉に関する法律が改正されると支援費などが変わることがあり、それまで順調に運営できていたものが、急に赤字になって苦労することがある。こういうときは、大学を出て机の上だけで仕事をする厚労省の役人が考える仕事と、実際私たちが現場でしている仕事がいかに違うかを実感する。

平成18（2006）年、障がい者も社会の一員として普通に生活する「ノーマライゼーション社会」を目指す、障害者自立支援法が施行された。これによって、国の費用負担が強化され、岐阜県でも障がい者の自立を支援する施設に大きな補助金が出されることになった。しかし、国では補助金の準備が不足し、十分行き渡らなかった。私も三つの作業所について補助金を申請したが、2カ所は外れて、ようやく第1サンライズだけが補助の対象となった。

第1サンライズの補助金が決まったとき、私は岐阜県・江西省友好提携の20周年記念の訪中団に加わり、中国にいた。補助が決まったという連絡を日本のスタッフから受けた日の前の晩、夕食会場で古田肇知事の隣の席になり、ちょうどその話をしていたところだったので、よく覚えている。

また、同法には「応益負担」が盛り込まれ、支給された支援費の1割を支援を受けた障がい者が負担しなければならなくなった。私の施設でも、それによって利用者の負担が生じ、それを支払えないのでだんだんと利用が減るという事態になりつつあった。

チャリティー実行委員を務めた野田聖子衆議院議員と

この応益負担の制度については、全国的に激しい抗議が起こり、私も野田聖子衆議院議員に強く意見を言った。21（2009）年、民主党に政権交代し、「障がい者制度改革推進本部」が設置され、障がい当事者や障がい者福祉の事業者らの意見を吸い上げる会議も立ち上げられた。その翌年の22（2010）年には、自立支援法の廃止が閣議決定された。また同時に、制度の谷間のない支援を提供し、個々のニーズに基づいた地域生活支援を整備するための新法の制定に向け、検討が始められた。これが24（2012）年に制定された障害者総合支援法である。

総合支援法によって応益負担は廃止され、私の施設の利用者も安心して支援を受けられるようになった。

【役所とけんかをしないように】

前述のように、私はあけぼの会の顧問をほいほいと引き受け、施設を引き継いだものの、元々百貨店の丁稚だから、最初は福祉の手続きが分からない。役所に申請をしても、必要なことが抜け落ちていることもよくあった。

グループホームの支援費を申請したとき、土日の支援についての書類に記載漏れがあり、そのため、いまだに支援費の返還をし続けるはめになってしまった。

グループホームでは夜も利用者は泊まっているので、食事や支援はしており、支援費が必要である。支援費は出ていたのだが、土日は職員の休日となっているので、支援についての記録をきちんと報告していなかった。それから何年かたってから「支援費を出しているのに、土日の書類がない。支援をしたという証拠がないので、記録のない10年間のお金を返しなさい」という指導が来た。実際に支援はしているのだが、記録がきちんとされていなかったので証拠がなく、私には反論できない。私は「あなたたちが最初にそういうことを教えてくれないから」と、県の担当者とけんかをしてしまった。今から思うと、そのときに、指導に対して従順な態度で接していたら、事情も変わったかもしれない。

本当に不正をしているのであれば行政命令で一括返還となるところだが、現実には不正をしていたわけではないので、行政もピシッと言えない。結局、「鵜飼さん、自主返還としますので、これでのんでください」ということで、月に1万数千円を、30年ぐらいかけて返すということになった。

障害者自立支援法により、管轄が県から岐阜市に代わったとき、県から岐阜市に対し、「支援をしていないのに支援費を受け取っていたから、返さなければならない」と引き継ぎがされた。さらに施設には岐阜市外からの利用者もたくさんいたので、その人たちについても、同じ内容で、岐阜市から各市町村の担当者に対しての引き継ぎがなされ、お金を返し続けることに決定されてしまった。

相手の担当者は十数人、私は専門的な知識もない素人である。これでは負けてしまう。聞くところによると、同じことをやっても、北海道のある施設ではお金を返さなくてもよかったらしい。行政とけんかをすると、たとえ一時的に勝っても、必ずしっぺ返しに遭うことを、以来私は肝に銘じた。

日本財団など福祉助成をやっている組織に、補助金や寄贈を申請するとき、必ず市のお墨付きがいるが、「鵜飼さんのところは不正をした」ということになると、それを書いてもらえなくなる。私はすぐけんかをしてしまうので、今、私は市の窓口に行かないで従業員の人に行ってもらっている。

岐阜市は20年ほど前、岐阜駅前の整備に大変なお金をかけた。駅を出たところに、鉄でできた傘のようなものがあるが、あれだけで30億円使ったそうだ。そんなことに使うお金があるのだったら、うちのような零細の施設に30年かかって何百万を返させるなんてことはする必要がないはずなのに、という思いは今も残る。

【総合的な支援に向けて】

最初はB型事業所とグループホームだけだったが、障がい者を総合的に支援する態勢を整えるため、事業が拡大していった。

ここで現在の施設の概要を紹介すると、施設はNPO法人あけぼの会が運営する就労継続支援B型事業所と共同生活援助施設(グループホーム)、株式会社恵水会(鵜飼武彦取締役社長）が運営する就労継続支援Ａ型事業所、一般社団法人恵水会（鵜飼武彦理事長）が運営する障害者相談支援事務所に分けられる。

いわゆる作業所には、Ａ型事業所とＢ型事業所がある。

Ａ型は障がい者を雇用するところで、普通の会社と同じように、雇用契約を結び、時給や月給を支払う。現在、第１と第２の博天堂、喫茶店のティグル・ラパンがある。「博天堂」は、私の祖父の代までやっていた医院の名前である。

Ｂ型は雇用契約ではなく、作業に対して所定の賃金を支払う形である。例えば、何かを作る作業なら、１個につき10円のものを１００個作ったら千円支払うということになる。雇用ではないので、気分が悪かったら出勤しなくてもよい。現在、第１から第３までのサンライズと、喫茶店のトロイメライがある。

障がいの程度によって、Ａ型かＢ型の適した方で仕事をする。

作業所の仕事は、人によって向き不向きがあるので、何種類もあった方がよい。作業の内容は、包装や組み立て、商品点検などである。例えば、コロナ感染流行により需要の増えたマスクを袋に詰める作業、オリンピックを前にタオルを袋に詰める作業、七夕が近くなると七夕セットを組み合わせて袋詰めする作業、子ども用の雑誌の付録を詰め合わせる作業などである。最初のころは、こうした賃仕事を取るためにいろいろな会社や団体を回った。

グループホームは、障がい者の人たちが生活する場である。志げ野苑、ホームラミー、貴生川苑、黒野苑、そま川苑の五つがある。「貴生川」も「そま川」も私の故郷を流れる川の名である。

グループホームは、居心地を良くして長く生活できるようにすることが大事である。病院に入院すると、一定期間が過ぎれば退院しなくてはならないが、グループホームなら居心地が良ければいつまでもいられる。お金もうけをする必要はないが、つぶれないようにはしてあげなければならない。長い人は30年ぐらい住んでおり、ここが故郷のようになっている。

障害者相談支援事業所は、介護保険制度で言えばケアマネジャーのような仕事をする。障がい者が市役所などの福祉担当に支援を申請すると、相談支援専門員は役所からの委託を受け、その人の障がいの程度を判断し、それに合ったサービスや施設を紹介する。

私自身、現在82歳だが、76歳のとき必要を感じて勉強し、相談支援専門員の資格を取った。私の事業所には、現在私を含めて5人の相談支援専門員がいる。

また、私はサービス管理責任者の資格も持っているが、これは60歳を過ぎてから岐阜大学の大学院に行ったことで、思いがけず取れた資格である。大学院で単位取得した学科によって、社会福祉主事任用資格を取ることができ、さらに、実地経験もあるのでサービス管理責任者の資格を取ることができた。

これらの資格者がいないと施設運営ができないので、例えば施設の資格者が「給料を上げてくれないと辞める」などと言ったとき、他に代わりがいなければ、言われた通り給与を上げなくてはならなくなる。いざとなったら自分でできるのが強みである。

信金会と預金創造論

精神障がい者の作業所の仕事を取るために、いろいろな会社や団体の協力を得た。岐阜信用金庫の「信金会」もその一つだ。

日本の金融機関は市中銀行、信用金庫、信用組合など、種類によってそれぞれ根拠法にのっとって設立、運営されている。信用金庫には「信用金庫法」があり、融資先は資本金５億円以下（私が髙島屋にいたころ）などの制限がある。それによって小さい企業が守られる仕組みになっている。

岐阜信用金庫が主に取引しているのは、喫茶店、精肉店、あるいは私の会社のような小さい会社である。岐阜信用金庫本店とその取引先の会社との間にはつながりがあるが、取引先の会社同士、特に業界が違うもの同士のつながりはあまりない。そこにつながりをつくるとビジネスが生まれる。そこで私が本店に提案したのは、本店と取引している業者の経営者の会「信金会」をつくることだった。

信金会の会費として月1万円、あるいは2万円を信金に払っていくと、1年で12万円ないし24万円のまとまった額になる。会費は事業の経費に計上することができる。貯まる会費で信金は勉強会を行ったり、会員を親睦旅行に連れて行く。すると経費で豪勢な旅行ができることになる。例えば、喫茶店のオーナーさんが遊びに行きたいとか、勉強したい、と思ってもなかなか自分で積み立ててはできないが、信金会に会費を払えばそれが実現する。

また、旅行や会の集まりで会員同士が知り合い、情報交換ができる。例えば私が「福祉の作業所をやっている」と言うと、ほかの会員が「仕事を回そうか」と言ってくれる。それを業者同士が直接取引するのではなく、信金を通じてすると、お金の動きができ

岐阜信金会の会員の皆さん

る。１００万円の動きが、信金を通っていくと、倍になり２００万円の動きになる。すると信金では取引額が増え、少しずつ利益が増えていく。

預金創造論という理論がある。例えば１００万円を銀行に預けると、銀行はそのうち80万円をよそへ貸し付ける。これを現金で貸し付けないで、貸し付けたかたちにして、貯金しておいてもらう。借りた方は借りた中から必要なだけ使うが、その支払いは銀行がする。支払われた方は、そのお金をすぐに使わない場合がある。すると、それは銀行の通帳に残っている。それが重なっていくと、理論上は元のお金の何倍かの取引額になっていく。銀行は１００万円の貯金を集めただけで３００万円、４００万円を集めたことになる。それが預金創造ということである。

「経済効果」という言葉がよく使われる。例えば「阪神が優勝したら何千億円の経済効果だ」などと言う。それは物が売れるだけではなく、売り上げのいくらかが、売れた物を作ったところへの支払いに回る。物を作ったところは、買った材料の支払いにお金を回す。また、それぞれの事業で人を雇うのでその支払いにもなる。そのように元をたどっていくと、動くお金の総額が膨れ上がっていく。

経済はそういう動きになっているので、少し活発になるかならないかで大きな違いが出る。日銀は金利を操作することで、経済を締めたり緩めたりする。金利を低くするとお金を借りやすくなるのでお金が動き、経済が回っていく。締めたいときは金利を上げてお金が流れないようにする。

このような経済や金融の決まり事があるので、それを組み合わせて今日の経済が成り立っている。そういうことを、地方の金融機関は知っているのだが、それをどう利用したらいいのか、なかなか具体的なことを思いつくのは難しい。そこで、私は髙島屋岐阜店にいるときに提案し、信金会ができた。そのとき提案者が私だったので、髙島屋の代表としては私が会員になった。定年退職してからは、自分の事業所で入っている。そのおかげで作業所の仕事をもらうことができた。

【トロイメライとティグル・ラパン】

髙島屋で外商のマネジャーをやっていたとき、従業員が皆外に出てしまうと何もすることがないが、一人では喫茶店にも行けない。そこに幸い、お客さんがやってくると必ず喫茶店に行った。応接室で話をするのと、喫茶店で話をするのとでは、雰囲気も話題も全然違う。

人間は不思議なもので、甘いものを体に入れると気が緩み、脳内にアルファ波が出ていい気分になる。本当はお酒が一番いいが、勤務中、お酒は飲めない。そこで、コーヒーを飲み、甘いものを食べながらリラックスして話をすると、新しいアイデアが浮かんでくるし、ビジネスのジョイントもしやすい。私がいろいろな知識を得たのも、喫茶店で人と話をしながらのことが多い。だから喫茶店が好きなので、施設にも喫茶店を作った。それが「トロイメライ」と「ティグル・ラパン」である。

ちなみに、ティグル・ラパンはフランス語で、ティグルはトラ、ラパンはウサギの意味である。私はうさぎ年、初代店長はとら年だったのでこの名をつけた。トラとウサギの組み合わせは、ウサギがトラに食われてしまいそうだが、走る速さはウサギの方が上なので、トラに襲われても走って逃げられるので大丈夫というわけである。

施設というと堅苦しい雰囲気だが、喫茶店は気軽に入ることができる。施設の利用者にとっては、どうしても職員との上下関係ができてしまう。しかし、利用者も喫茶店ではお金を払うお客さんになるので、そこでは職員より上の立場になる。それによって、いつでも上下関係のバランスを取ることができ

A型作業所の喫茶レストラン
「ティグル・ラパン」

るように、という狙いもある。

トロイメライはB型事業所で喫茶訓練所になっている。コーヒーの入れかた、伝票の書き方、新しい人の訓練の仕方などを教え、できるようになったら、A型のティグル・ラパンで雇用して、月給をもらいながら生活する。B型で訓練した人の受皿が必要だということで、A型も開設することになった。A型に雇用されれば社員になるので、家族を持つ人にはありがたい。

A型のティグル・ラパンの経営は株式会社恵水会が行っている。NPO法人あけぼの会でやりたかったのだが、定款にA型の事業が入っていないので、それができなかった。また、相談支援事業所をやっている一般社団法人恵水会の定款にも入っていなかった。株式会社なら、NPO法人のように時間をかけず、会社を登記したらすぐに事業ができるので、株式会社設立に踏み切った。

【経営努力】

精神障がい者に対する総合的な支援を可能にするには、施設を増やしてしていかなければならなかった。そのためには建物が必要となるので、私はなるべく経費を抑えようと、競売物件を買うようにした。

競売物件は市場価格の10分の1ぐらいで買えるが、基本的に建物内部を見せてもらえないので、居室がどのような状態か分からないまま買わなくてはならないというリスクがある。普通は不動産業者が買い、きれいに改修、改装して、高く売ったり貸したりする。

例えば、以前買った物件は、競売に出された時点で人が住んでいたので、普通に住める状態だと思ったら、屋根の雨漏りがひどい状態だった。鉄筋コンクリート3階建てで、家の中にブルーシートを張り、バケツやたらいで水を受け、畳も雨でブヨブヨになっている。そんなところで住人は生活していたのだ。結局、天井から床まで全部はがし、コンクリートだけにして張り替えた。費用もかかったが、それでも市場の相場よりは安い。そこは今、グループホームにして、中に住んでもらっている。

普通なら借りている場所の家賃が払えなくなると、銀行でお金を借りてでも払わなければならないが、私の施設の建物はユー・アイ・シーが買って、所有しているので、施設が家賃を払えなくなっても、やっているのは私だから請求しない。だから、私の施設は家賃が払えなくなっても倒産しないようになっている。

しかし実のところ、ティグル・ラパンは開店以来赤字が続いた。家賃は月20万円で契約しているが、ユー・アイ・シーにお金が入らなくても、家賃の20万円には所得税がかかる上に、固定資産税がかかる。開店当初は毎月70万円の赤字になり、それを自分で出さなくてはならない。お金が入らないのに1年に８００万円ずつ出ていけば、普通なら1年ぐらいでパンクだが、それが4年続いた。私は自分の財産を売るなどして何とかしのぎ、今日まで生き残っている。

あけぼの会は、年間延べ1万何千人を支援している。その人たちも、安い給料とはいえ従業員たちも、私が手を引いたら行くところがない。だからもうからなくても存続させることが大事だと思っている。

国から福祉従業員加算として、支援費に1～2%を上乗せして支給される。それを従業員に還元する方法として、従業員の休憩室とか備品に使う施設が多いようだが、うちの施設では現金で支給することにしている。そのように少しでも賞与として出すと、その方が皆喜んでくれる。

福祉事業では1年で従業員の3分の1ぐらいが辞め、3年ぐらいで全員が入れ替わるほど定着率が低いが、私の施設ではここ何年か辞めた人がいない。辞めないから障がい者の人も安心して来てくれる。

コロナ禍の前は毎年、バス旅行や見学会、スポーツ大会、音楽会、美術館訪問など、できるだけ社会に同化して暮らせるように行事を行っていた。施設では幸いなことに大きな問題も起こらず、継続しているのはありがたいことである。

【助けを借りながら】

ティグル・ラパンの赤字に、私は夜も眠れないときもあったが、初代店長の時田さんの熱心さに救われた。彼女は不動産屋さんの跡継ぎだったので、登記などの手続きをほとんどやってくれた。また、自分の家の前の畑でできた野菜を持ってきてくれて、少しでも材料費を浮かそうと、真剣に頑張ってくれた。障がい者の従業員もいい人ばかりで、そんな頑張りを見ると、「赤字だからつぶす」とは言えない。

運良く駐車場が安く借りられるようになり、一般の方の支援も得られる。看板を作ってくれたのはお客さんである。

また、あるとき髙島屋時代のお客さんとして付き合いのあった伊藤さんという人と、20年ぶりぐらいに出会った。その人と世間話をしたついでに今、ティグル・ラパンをやっている、と店に連れて行った。すると、「鵜飼さん、食べ物を出すところで、こんな汚いトイレはいかん。私が直してあげる」と、２８０万円を出してトイレを直してくれた。20年も会っていなかった人が、忘れないでいてくれて、しかもこんな援助をしてくれることなど普通はあり得ない。だから、余計につぶすわけにはいかない。

今は黒字にはならないが、以前のような赤字にもならず、何とかすれすれでやっている。

【志げ野苑の開設】

平成20（２００８）年にグループホームの志げ野苑を開設したときは、私は一時、ピンチに追い込まれた。

大阪に水島工業（現ミヅシマ工業）という、昔は大阪で一番の規模を誇った掃除道具の会社があった。私の父が関西電力の資材購入を担当していたとき、水島工業にゴムのホースなどの道具を大量に注文していた。水島工業はそのおかげで何十倍にも成長したので、父に恩義を感じていた。また、私の妹が水島さんの家に半年ぐらい行儀見習いに行っていたご縁もあった。

水島社長の娘の志げ野さんは、会社の経理を担当し、生涯を独身で過ごした。子どももいないので父の代から築いた財産をどうしたらいいだろうと考えていた。

そんなとき、私が福祉事業をやっていることを聞きつけ、「昔、お父さんにお世話になったので」ということで、1億円の寄付を申し出てくれた。1億円あれば、計画していたグループホームがちょうどできる、と感謝し、大喜びしていた。

ところが、水島さんが証券会社に「お金を下ろして、岐阜の鵜飼さんに振り込んでください」と頼んで手続きをしようとしたら、「だまされているのでは」と証券会社に止められた。折あしく、お年寄りから金をだまし取る詐欺がはやっていた。

水島さんは80歳ぐらいだった。

「岐阜の鵜飼さんとは誰ですか」と証券会社の人に聞かれて、「昔お世話になった知人の息子さんです」と水島さんは答えた。

「それは絶対だまされている」というので、水島さんの居住地の民生委員まで駆り出されて、私を調べに来た。「岐阜の鵜飼」はまともに福祉事業をやっている人間だということは分かったが、結局いろいろな人に止められたらしく、寄付の額は4千万円になってしまった。私は悪いことをしていないのに、あいつは悪いことをしてお金を巻き上げている、と水島さんの周りでは言われたようだ。

もちろん4千万円でも大変なありがたい金額だが、私の方は1億円の事業のつもりで、三歳町のビルを買い足し、準備していた。水島さんからの寄付は、ビルを買い、登記をするとなくなってしまった。古い建物なのでさらに屋根の修理、外装、内装に何千万円かのお金がかかり、四苦八苦した。

資金を作るため、実行委員を衆議院議員の野田聖子さんにお願いし、チャリティーの「あけぼの絵画展」を開いた。中国出身で米国在住の庭園風景画家チャールズ・チャンの作品を中心に絵画を集めて、長住町のタナカビルの6階を借りて売った。一、三千万円の売り上げがあった。

基本的に、銀行で金利のかかる借金などはしないで、少しは持っていた不動産を売ったりしながら、少しずつ、できる範囲内で事業を広げていくのが私のやり方である。

何とかグループホームを完成させ、一度にはできなかったが、やがて第一サンライズ、トロイメライなども移転した。このような経験があったので、五つの施設が入っている三歳ビルには思い入れが強い。グループホームには水島志げ野さんへの感謝を込めて、志げ野苑と名付けた。

【不思議な助け】

「理事長、後ろに女の人が立って、何か言っていますよ」と施設の利用者が突然私に言う。実際は誰もいないのだが、幻聴とか幻覚があり、そのような言葉になる。

最初は私も一瞬どきりとしたものだが、こちらももう慣れたものである。

「そうやろ、美人やろ、私の彼女やねん」と応じれば、それ以上何も言われない。

病院だったら「患者」だが、私にとっては通所者も入居者も、皆「友達」であり、「身内」である。

施設に勤めてくれている人たちも、施設を自分の会社だと思ってくれている。自分の会社だから、「いつ首になるかわからない」などと恐れる必要はない。それぞれの施設で通帳を管理し、チーフが施設にどれだけのお金があるのかを把握している。すると、給料はどれだけ、ボーナスはどれだけもらえる、あるいは、自分がどれぐらい頑張れば持ちこたえられる、などと分かる。頑張っても報酬に反映されないと、なかなか頑張れないものだ。私は偶然理事長になっているが、みんなが会社をやっている、という気持ちで働いてもらっている。

私は海外旅行が好きなのでよく2週間、３週間、留守にするときがあるが、それでもちゃんと回っていっている。事業が心配で長い旅行には行かない人もいるだろうが、私はぼんくらな理事長がいないほうが、自分たちが好きにできる、と張り切ってもらえるといいと思っている。

この先、もし私が辞めても、それぞれの施設でチーフがきちんとやっていってくれると確信している。ただ、年を取ると事業を大きくしようとする意識がなくなるので、もっと若い人を入れないといけないとも思う。

渡来人と言われる私の先祖と一緒で、私も鵜匠のようなものかもしれない。ただし、私の鵜は、ウミウではなくカワウである。長良川の鵜飼はウミウの首にひもを付けて、飲み込んだ鮎を全部吐き出させる。しかし、カワウを使う中国の鵜飼は鵜にひもをつけない。カワウだから放し飼いで、魚をいっぱい飲み込んできたら、鵜匠がある程度は吐き出させるが、あとは好きなだけ食べさせてあげる。

私が精神障がい者の家族の会と出合ったのは偶然だった。しかし、元々は江戸時代から先祖は医者でしかも、精神病の治療を非常に得意としていたことを思うと、これも先祖さんの力だったかと思う。

私はあまり悩まないたちだが、困ったときに自動的に「先祖さんやったらどうしたやろな」と思う。ティグル・ラパンの赤字が累積したときは、妻にも言えず、夜も寝られない時期があった。普通なら気が変になるところだが、このときも先祖さんの力を感じた。人に相談できないこともあったが、乗り越えられた。

かつて、親が私に土地の一部を残すことに決めていたと知り、その土地に老人ホームを造ろうとしたことがあった。今の福祉事業を始める前のことである。

私は、ある財団から無利子で10億円の融資を受けられるよう、滋賀県庁に手続きをしに行くなど準備をしていた。ところが、私にとっては不本意な事情で、その土地は使えないことが分かったので諦めざるを得なかった。

すると、その代わりに神様が、現在のような精神障がい者の施設をたくさん造らせてくれた。もし老人ホームをしていたら、たとえ無利子で借りられたとしても、10億円は返さなくてはならない。しかし、今は一円も返さなくてもよい施設をやらせてもらっている。これも先祖さんの不思議な助けのように思われる。

きょうだいのうち一人ぐらい、先祖のやったことで役に立つことができればいいと思い、このように多くの施設を運営するに至っている。※巻末附録参照

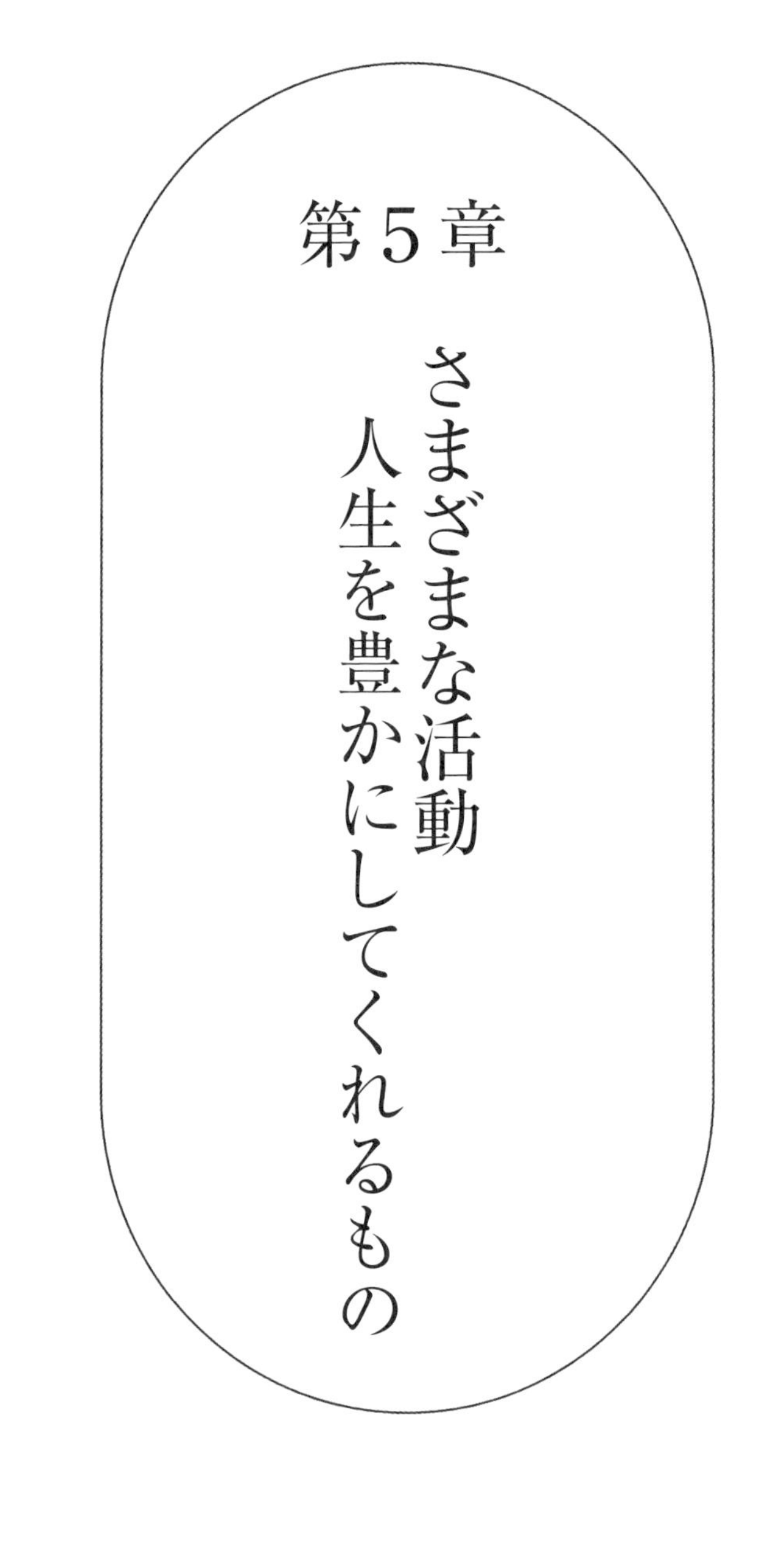

第5章

さまざまな活動
人生を豊かにしてくれるもの

【岐阜・2001年の会】

私は髙島屋に勤めているころから、さまざまな社会活動や勉強会に参加していた。「岐阜・2001年の会」もその一つである。

この会は当初、2001年まで続けることを目標に作られた勉強会で、私自身、30年ぐらい参加している。会の目的は、標語にうたっているように「いのち、自然、くらし、子どもの未来」を守り、育てていくことである。それを根幹とし、枝葉がついて歴史、科学、文化、憲法など、現在に至るまでさまざまな分野の勉強をしている。

年4回、機関誌も発行している。機関誌の編集・発行人は、岐阜大学名誉教授の近藤真さん、フリージャーナリストの高橋恒美さん、岐阜県ユネスコ協会会長の平井花画さん、岐阜市議会議員の高橋和江さんである。私も機関誌にユネスコのこと、岡本太郎さんの太陽の塔のことなどを書いたこともある。

何か大きな事件が起こると、その専門家を講師に招いて勉強会を開く。例えば、サリン事件のときは、サリンの専門家を呼んで講演してもらった。

令和2（2020）年に惜しまれて亡くなった、岐阜環境医学研究所長で放射線科の医師だった松井英介さんを講師に招いての勉強会には感銘を受けた。松井さんは、第2次世界大戦中、日本軍が細菌戦に使用する生物兵器の研究・開発を行った満州第七三一部隊について研究していた。

部隊が行った人体実験、生体解剖などの話、戦後、この部隊が所持していた研究資料を米軍が持ち去り、薬品開発に利用されたこと、同部隊の生存者が、昭和25（1950）年のミドリ十字という血液製剤の会社の創業に携わっていたこと、彼らが戦争犯罪には問われていないことなど、科学的な説明も加えながら解説した。

松井さんは、放射能が人体に及ぼす影響に関し、国際的に名が知られた研究者だった。ご夫人も、子どもが生まれたとき、赤ん坊が体内にどれぐらいの放射能を持っているかの研究に身をもって協力したそうだ。

男女平等を憲法に書いたベアテさん

岐阜・2001年の会では、日本国憲法に女性の権利を書き込んだベアテ・ゴードン・シロタさんの講演会も開催した。著書『1945年のクリスマス』のサイン会も行った。

ベアテさんは1923年、ウィーンに生まれ、子どものころ、有名なピアニストだった父・レオ・シロタさんと一家で来日し、10年間を日本で暮らした。そのとき、戦前の日本の女性の地位が低く、人権が守られていない悲惨な状況を目にしていた。

戦後間もない１９４５年12月、ＧＨＱ（連合国軍総司令部）の一員として再び来日し、民政局で働いていたが、上司から日本国憲法の草案作成に参加するよう命ぜられた。このとき彼女は22歳の若さだった。

ベアテさんは各国の憲法を調べ、日本の現状を元に、男女平等と女性の権利を保障する条項の草案を作成した。そのうち、最終的に憲法に残されたのは、第24条の「婚姻は、両性の合意のみに基づいて成立し、夫婦が同等の権利を有することを基本として」と始まる「男女平等」をうたった条項である。

ベアテさんは、１９９０年代半ばに自身と日本国憲法との関わりを初めて明らかにし、その後、何度も日本を訪れている。

２００１年の会でベアテさんを講演に招いたとき、彼女と私、妻の３人で親しく話ができたことは、私にとって大きなプラスになった経験だった。そのときベアテさんが語った「日本国憲法ができた当時、米国でも女性の権利は確立されていなかった。日本の女性は大変幸せなのですよ」という言葉は、今も忘れられない。

今の日本国憲法を「米国が作った憲法だ」と批判する人もいるが、米国の憲法にも書かれていない、男女平等の条項を備えた憲法の価値を私たちはもっと評価すべきだと思う。

【ぎふ「ロダン&花子」の会】

私は「ぎふ『ロダン&花子』の会」の活動にも参加し、名誉顧問になっていた。花子は、明治から大正にかけて欧米で人気を博した女優で、彫刻家ロダンのモデルとなった唯一の日本人女性である。花子は晩年を岐阜市の妹の元で過ごした、岐阜にゆかりのある人物である。この会は平成7（1995）年に設立され、花子に関する研究会の開催、ネットワークづくり、広報活動などを行っていた。

日本文学者のドナルド・キーンさんがこの会の名誉会長になり、岐阜に来てもらったとき、キーンさんと食事をしたことがある。また、池田満寿夫さんに表紙をお願いした母の歌集をキーンさんに送り、丁寧な礼状をいただいたこともある。

私は物作りが好きなので、土岐市の「千古乃岩（ちごのいわ）」という酒造会社に「ロダンと花子」というブランドのお酒を造ってもらった。今年（2021年）亡くなった、陶芸家・書家・画家の安藤實さんに、瓶のラベルの絵と字をかいてもらい、市販した。キーンさんにも送ったら、とても喜んでくれた。

【ロータリークラブ】

ロータリークラブは国際的な親善・奉仕団体だが、その会員は会社の経営者や医者、弁護士など社会的地位の高い、経済的にもゆとりのある人で、私のように会社を定年退職した人間が入ることはほとんどない。しかし、私は退職後にロータリークラブに入るのが憧れだった。

折よく、みのや金属工業の白木則男さんが加納ロータリークラブ会長のときに、会員を増強しようとしており、岐阜信用金庫に推薦を頼んだ。そのとき、高島屋時代にお世話になった、信金の取締役で本店営業部長の渡辺さんが私を推薦してくれた。

会員になるに当たっては面接があり、役員が自宅を見に来るという。私は福光の賃貸マンション暮らしで、4部屋あったが、美術品が好きなので家財が多く、狭くてお客さんを通す部屋がない。「そんなことだったら、もう結構です」と言ったら、渡辺さんの計らいで面接を信金の応接室でしてもらえることになり、妻と一緒に役員と会い、入会することができた。おかげで私は、行政書士として会員名簿に名を連ねている。

ちなみに、岐阜市長選に出たときは、ロータリークラブの人が選挙事務所に顔を出してくれたが、私が無所属だからなのか応援はしてもらえなかった。

【岐阜大学大学院で修士号取得】

岐阜・２００１年の会や、岐阜大学の先生たちが中心となって哲学を勉強するGセミナーの活動を通じ、岐阜大学地域科学部教授の吉田千秋先生、近藤真先生、林正子先生らを知るようになった。

平成13（２００１）年4月に岐阜大学地域科学部に大学院ができるというので、私も興味を持った。大学の学部は、法学部、医学部、文学部など特定の分野の専門家で成り立っているのが普通だったが、平成８（１９９６）年に設置されたばかりの地域科学部は、さまざまな分野の専門を重ねて上から串で刺したような、いわば学際的なアプローチをする、ユニークな特徴を持っていた。だから地域科学部には法律、医学、文学などいろいろな専門家がいた。それなら知識が偏らないから、そんなところで学びたいと思った。

試験科目には英語があった。近藤先生が、「大学院を受けるのなら、英語を教えてあげる」と先生のゼミに誘ってくれた。近藤先生はニュージーランドの研究をしていて、学部生4人と英語の教科書でゼミをやっているのに混じって、私も勉強させてもらった。そのときゼミ生の加藤さんという女子学生が「鵜飼さん、英語できないね」と言って、英文法の本をくれた。

英語について私は今も毎日、テレビで英語放送のCNN、BBC、日経CNBCを見ている。ニュースのタイトルの文字からトピックをつかみ、聞いているうちに、事件によく出る単語の意味が分かり、だんだんニュースが理解できるようになってくる。だが、若いころもう少し勉強すればよかったと悔やまれる。

大学院の入学試験に合格し、私は地域科学部大学院の第1期生になった。専攻は地域政策だった。心理学が好きだったので、心理学関係の専門科目をいくつか取った。途中、仕事が忙しかったときに休学したので、修了は18(2006)年になった。大学院には、ぎふまちづくりセンターの代表で、市民協働の実践的研究をしていた西村貢教授もいた。当時助教授の富樫幸一先生が私の指導教官で、先生の指導の下、「岐阜市の中心市街地の活性化」という修士論文を書いた。富樫先生からは論文提出の許可を得ていたが、論文審査に通らなかった。

私は、柳ケ瀬の商店街を一軒一軒くまなく訪ね歩き、空き店舗の状況を正確に調べ上げ、その結果をまとめていた。さらに、私も出馬した岐阜市長選挙後、浅野市長が進めた観光施策の弱点と失敗を指摘し、岐阜市は観光にもっと力を入れるべきだという意見を述べた。ところが、論文審査で主査の教授が市政を批判する部分を削るなら通す、と言った。私は選挙運動でも自分の持論を明らかにしていたため、それと矛盾する論文を書くわけにはいかないので、その部分を削るのを拒否した。結局、審査には通らず、私は翌年、修士論文を書き直すこととなった。

今度は、憲法が専門の近藤真教授に指導教官をお願いし、全く違うテーマで「行政書士の社会的役割」という論文を書いた。当時、進められていた電子申請の在り方、弁護士と行政書士、司法書士のすみ分け、米国と日本の弁護士事務所の比較などを論じた。この論文は審査に通り、4年がかりで修士号（地域科学）を取得した。

私は会社や障がい者施設の仕事があり、社会活動もしながらだったが、今回ばかりは勉強をするために進学したので、忙しい合間を縫って勉強し、大学院の成績はほとんど優をもらった。

単位を取得した科目の中に行政法特論、地域福祉論特論、民法特論の三つが入っていた。そのときは知らなかったのだが、後になってこれらの科目の単位を取得していると、社会福祉主事任用資格証明が大学から発行される。この資格と、５年以上の実務経験で障がい福祉の事業者に求められるサービス管理責任者（サビ管）の資格が取得できる。大学院修了後、数年たってからこのことを知り、21（2008）年に大学から資格証明書をもらい、サビ管の資格を取ることができた。資格証明書がなければ、もっと年数がかかるところだったので、もうけたと思った。

ところで、私が最初に書いた論文「岐阜市の中心市街地の活性化」には後日談がある。私はこの論文の中で、喜劇王チャプリンが2回にわたり長良川の鵜飼を見て、大変感銘を受けたことを書き、チャプリンにも認められた鵜飼の価値と観光に力を入れる必要性を強調した。チャプリンは戦前の昭和11（1936）年に長良川の鵜飼を見て深く感動し、戦後の36（1961）年に再び岐阜市を訪れ、鵜飼を見ていた。

この論文に渡辺嘉蔵さんが関心を示し、読みたいと言うので、論文を見せたところ「これは岐阜市のためになる」と、当時の細江茂光岐阜市長に見せた。細江市長はチャプリンが鵜飼を見に来たことを知らなかった。私の論文を読み、「鵜飼をもっと外へアピールしなければいけない」と大々的に鵜飼への観光客誘致に乗り出した。その翌年の鵜飼のポスターには「チャプリンも愛した長良川の鵜飼」という宣伝文句が使われ、一時は減少していた鵜飼の観客数も、その後大きく増加した。

【東大大学院にチャレンジ】

岐阜大学地域科学部大学院ができる前年に、東京大学大学院に情報学環（研究組織）と学際情報学府（教育組織）が設立された。その目指すところは、人類の文明が情報によって急速に変化するなか、多岐にわたる分野の「知」を結びつけて、新たな時代における先進的な「知の構造」をつくりあげていこうというものである。今日、ＳＤＧｓ（Sustainable Development Goals「持続可能な開発目標」）という言葉や、政治家などが虹色の丸いＳＤＧｓバッジを付けているのをよく目にするが、今思うと当時、既にそのような発想の研究も東大のこの大学院では行っていたのである。

それを私が知ったのは、ＮＨＫの元プロデューサーで、後に立命館大学の教授になった津田正夫さんが立ち上げた「市民とメディア研究会・あくせす」という市民参加の研究会に、私も設立発起人の一人として参加しており、そこに来ていた東大の先生から情報を得たのである。

それを聞いて改めて、東大大学院と同じような発想で設立された地域科学部大学院はすごい、と思ったが、東大の大学院も面白そうだと思い、受けてみようと思った。たとえ合格しても住まいが岐阜なので行けるわけではないが、そのような最先端をいく大学院を受けに来る人がどんな人たちなのかを見てみたい、という興味が大きかった。18歳のとき、進学できないことが分かっていながら、神戸大学を受験したのと同じである。

東大の受験会場には50人ほどが受けに来ていた。周りの受験生と話をしてみると、「東大を出て、ハーバードに行き、それから世界銀行に就職した」「大学卒業後、通産省に勤めている」「日本で大学を卒業した後、ケンブリッジに行った」とか、そのような人ばかりで、私のように大学を一つ出ただけで受けに来ている人はほとんどいなかった。

試験問題で覚えているのは、「英仏で共同開発した超音速旅客機コンコルドの製造が中止された。それは社会にどういう影響を及ぼすか」という論文問題だった。問題文も英語だし、回答も英語で書かなければならない。難しい単語がいろいろあり、よく分からなかったが、とにかく書いて、会場を後にした。

受験をしてみて、いろいろな勉強のチャンスに食い付いていく受験生たちにも会えたし、めったに入れない東大の学生食堂にも行けたし、良い経験だったと思う。

【健康倶楽部緑の会】

平成14（２００２）年、ＮＰＯ法人「健康倶楽部緑の会」を立ち上げた。この会は、「健康で明るい社会づくりに寄与する」ことを目的として、健康の維持と増進に役立つ勉強会やイベントを行う会である。医学の専門家ではない私たち市民も、健康に役立つ情報を得て、「自分の健康は自分でつくる」という意識を持つことが狙いである。

私の友人で、写真会社を経営している水野靖彦さんに頼まれて、私が理事長となり、会長には弁護士の浦田益之さんになってもらった。

創立記念の講演会と催しを岐阜メモリアルセンターで行い、約２００人が参加してくれた。岐阜県議会議員の故船戸行雄さんも参加してくれた。

岐阜市近辺の大きい病院の院長や理事長に顧問になってもらい、それぞれの専門分野の話を、勉強会で素人にも分かりやすく話してもらっている。

「健康倶楽部緑の会」設立総会であいさつ

これまで講演をしてもらったなかで、最も力を貸してくれたのは、元岐阜大学医学部附属病院長、岐阜大学名誉教授で、腫瘍外科が専門の佐治重豊先生である。佐治さんは私と同じ滋賀県出身で、滋賀県人会がきっかけで知り合った。私が生まれた半月ほど後、やはり近江の旧家に生まれ、父親が医者、長男、次男とも医者である。何となく自分と共通点があるので、私は親しみを感じるとともに最も尊敬する人の一人だ。

佐治さんはがん治療の国際的権威なので講演料も高い。緑の会でも講演料を準備するが、それをお渡しすると、のし紙がかかったままそっくり緑の会に寄付してくれる。また、緑の会での講演のためだけにスライドを準備してくれるなど、協力を惜しまない。

岐阜市民病院の院長だった冨田栄一先生には4、5回講演してもらった。民間病院では国内で初めて生体肝移植を行った松波総合病院の松波英寿理事長、村上記念病院の初代院長・村上健一先生、朝日大学病院脳神経外科の郭泰彦先生、岐阜大学教授だった糖尿病専門の武田純先生、現医療法人誠広会会長の平野恭弘先生、平野内科クリニックの平野高弘先生、宮川医院院長だった故宮川武彦先生など、多くの先生方を招き、貴重な勉強をさせてもらった。

講演会のほかに体操の指導、健康ゴルフ大会、自然を満喫するバスツアーなども行った。会では年に1回のお楽しみ行事として、講演会の後、歌、落語、漫才、楽器の演奏などのステージを楽しみながら食事をする。１００人から２００人のお客さんが集まってくれるが、私は必ず来てくれた人に損はさせない、得をしてもらう、という主義なので、赤字が出る。それを会の理事たちで負担することになる。それで皆、幸せになってくれれば、会の目的にも合うと思っている。理事もそうした奉仕の精神の旺盛な人ばかりである。この1、2年、コロナ禍のため活動が途切れているのが残念だ。

健康倶楽部緑の会理事長として、私の名前が広島市の小学校の石のベンチに刻まれている。20年近く前、中曽根康弘元総理大臣、村山富市元総理大臣らが呼び掛け、日米親善野球をやろうということになった。政治家を中心に20人ほどが実行委員に名を連ね、私もそこに関わらせてもらった。

日米親善野球といってもプロ野球ではない。かつて敵として戦った日米両国の元兵士で、野球ができる人たちが、銃をバットに、弾をボールに持ち替えて、仲良くスポーツで競おうという趣旨だった。原爆の爆心地に近い小学校校庭を会場とし、親善試合が行われた。私は野球をしなかったが、そこに記念の石のベンチが設置され、実行委員の名前が彫られた。

緑の会は、体だけでなく、心も街も国も健康にしていこうという会なのである。

【岐阜県ユネスコ協会】

岐阜県ユネスコ協会（平井花画会長）の活動も、私に多くのことを教えてくれた。私の現在の役は、役員指名委員長である。

平成12（2001）年にユネスコ全国大会が岐阜で行われた。このとき、広島方面の役員が車椅子で参加することになった。私は、日本財団に申請し、車椅子を載せられる福祉車両をもらった。その車で車椅子の役員さんを、新幹線の岐阜羽島駅から会場まで送迎したのを覚えている。

また、全国大会では、日本画家の平山郁夫さんを招いて講演をしてもらった。

私はそれ以前に一度、平山さんと会ったことがある。岐阜市三輪に高野山真言宗の真長寺という古いお寺があり、そこに室町時代に描かれた「絹本著色釈迦涅槃図」（県指定重要文化財）という大きな絵がある。この絵の修復のために、平山さんが理事長をしていた日本文化財保護振興財団から助成金をもらい、かつて平山さんが学長をしていた東京芸術大学でしてもらった。その関係で真長寺の住職と一緒に、東京の平山さんのところにうかがった。修復は平成10（１９９８）年に行われた。

日本ユネスコ協会は、世界の貧困地域や紛争地域で、全ての人が公平に学べる場としての「寺子屋」をつくる活動「世界寺子屋運動」を展開している。寺子屋では識字率改善を目指して、子どもの教育や女性の社会教育、社会活動の援助を行っている。岐阜県ユネスコ協会も世界寺子屋委員会を置き、この活動に参加している。

世界寺子屋運動の一環として、２００２年から２０１２年まで「インド・ゴカックプロジェクト」が行われた。インド南西部のゴカック地方には電気、水道、ガスも通っていない村々があり、そこに寺子屋を作るプロジェクトである。私はユネスコ協会の一員として、寺子屋の贈呈のためゴカックに行った。ここでは村民の１世帯につき、乳牛を２頭ずつ飼育させ、１頭の乳は家族で消費し、もう１頭の分は売って生活資金を得る、という指導を行った。また、ミシンを使って製品を縫う訓練もした。

ミャンマー、カンボジアでの支援活動にも参加した。カンボジアでは防弾服とヘルメットを着用し、地雷原に行った。そこでは小松製作所が地雷を除去する、ブルドーザーのお化けのような機械を置いていた。

ちなみに、小松製作所はこのように人道的な貢献を行いつつも、一方では装甲車も作っている。ほかにも空調機で知られるダイキン工業には砲弾を作る部門があり、化学メーカーの旭化成は爆弾も作り、三菱電機はミサイル開発に携わっている。表には出ないが、実際には軍事産業に加担している日本の会社はたくさんある。戦後、歴代の内閣が堅持してきた武器輸出禁止三原則は徐々に骨抜きにされ、決して「違法」とは言えないのだが、割り切れない。

地雷原では防弾服を着用

小型爆弾と地雷

宗教遺産としての鵜飼

長良川の鵜飼は、平成27（2015）年に、国連食糧農業機関（FAO）によって世界農業遺産に指定された「清流長良川の鮎」の中の伝統漁法として指定の際、主要な位置を占めた。しかし、私は長良川の鵜飼は宗教遺産としての価値があるのではないかと思っている。

日本の天皇のシンボルは鳳凰であり、中国の皇帝のシンボルは竜である。鳳凰は、スズメやヒバリ、ツルなど、全ての鳥のトップであり、竜は、ドジョウ、ウナギ、コイなど、全ての水生動物のトップである。

神社や神輿（みこし）など、日本古来の天皇家にまつわるものに竜は登場しない。しかし、中国から渡来した仏教の寺院には竜が描かれる。例えば五重の塔の上に法輪という九つの輪があり、ここを竜が登っていき、てっぺんに達すると水しぶきが上がる。これを表したのが水煙である。

日本の掛け軸など絵の文化には、魚やカメなどの水生動物か、ツルやタカなどの鳥か、どちらかが描かれている。それぞれの元をたどれば、竜か鳳凰である。

長良川鵜飼や関市の小瀬鵜飼では、鵜が鮎を捕る。天皇の使いである鳥を使って、竜の子分の魚を捕ることを意味する。鵜飼とは、こういう神事なのである。

【四国巡礼】

私はこれまでに2回、四国八十八カ所を巡礼する旅をした。1回目は岡山にいたときで、妻、娘と共に、車で何回かに分けて回り、最後の札所にお参りするまで3、

4カ月かかった。2回目は、定年退職してからで、妻と2人、旅行会社の企画する巡礼のツアーに参加した。このツアーは、各回が1泊か2泊の旅で、1回に7、8カ所の札所をバスで巡る。10回ほど参加して全八十八カ所を回った。

巡礼に出たきっかけは、旅行が好きだったことと、妻が仏教系の学校の出身だったこと、そして昔からお坊さんとの付き合いがあったことである。

巡礼をしているといろいろな人に出会う。若い女性が一人でお遍路をしているのを不思議に思っていると、実は彼女は難病と闘っているのだった。また、ある人は裁判官で、死刑判決を下したことが心に重くのしかかり、いわば「罪滅ぼし」のためにお参りして回っているということだった。霊場参りをすることで、そのような話が聞けて、自分が全く知らなかったことを勉強することができる。また、お遍路さんには外国人も増えており、ドイツ人と一緒に回ったこともある。そんな経験から新しい世界が見えてきたりする。

八十八カ所を回った後は、高野山にお礼参りをするのが習わしである。高野山には妻との恋愛時代の思い出がある。高野山の奥ノ院に木組みの小さな祠(ほこら)があり、その中に「弥勒(みろく)石」と呼ばれる石が置いてある。それを持ち上げることができれば願いがかなうと言われている。私は子どものころから家で耕作を手伝っていたので腕力は強く、米俵を両肩に一つずつ、1度に2俵担ぐことができた。だから交際中だった妻の前で、その石を持ち上げて見せたのである。

そのことを妻はよく覚えていて、年をとってからも、「あなたは何でもかなえられるわ。高野山であの石を持ち上げられたのだもの」と、私が忘れていたことを思い出させてくれた。妻の言葉のおかげで、私も「自分の願いはかなえられる」と信じることができた。

高野山では弘法大師空海がまだ生きていて、座禅を続けているとの信仰がある。したがって、毎朝お坊さんが炊きたてのご飯とおかず、水を持って、弘法大師に供えに行く。現実的にはもう生きているわけではなかろうが、生きているものとしてお供えをするということは、道を開いたご先祖を忘れず、その教えを引き継ぐという精神を表している。そこでは俗世界にいる者とは全く違う宇宙観を感じることができ、それが魅力である。

【100カ国を超える旅行】

私は外国へ行くのが好きだ。今はインターネットの普及やカメラ映像の技術の進歩のおかげで、自宅にいても海外の様子を見ることができるが、現地に行き、その国の内部に入っていかなくては分からないこともたくさんある。私にとっては、むしろそういうことの方が大事に思われる。

初めて海外に行ったのは、岡山店でオーダーサロンの主任をしていたときだ。取引先の縫製工場の社長に丸山さんという人がおり、ボクシングをしていた関係で、あの具志堅用高さんの友達だった。雑談の中で「海外に行きたいなあ」と言ったら、「では一緒に行こう」ということになった。昭和49（1974）年、丸山さんと香港、タイ・バンコク、シンガポールへの旅に出掛けた。丸山さんはそれらの国の内情にくわしい人で入国、出国も大変スムーズだった。

その後、100カ国以上を訪問することとなった。多いときは年に4回、あるいはひと月の間に2回、海外旅行に出掛けたこともある。まだサラリーマンだった50代のときから、アジア、欧州各地を回った。60歳で定年退職した後は、東南アジア、南アジア、欧州全域、ロシア、中南米、アフリカ、オセアニアなど世界中に出掛けた。中国には何度も行ったし、スリランカには10回以上行った。

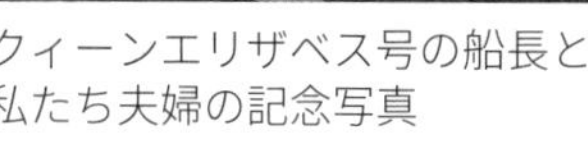
クィーンエリザベス号の船長と
私たち夫婦の記念写真

思い出深い旅はたくさんあるが、珍しかったものの一つは、皇族の親戚の夫婦に同行してスペインに行った旅である。

故郷の甲賀忍者の修験寺が天台宗と関わりが深いので、私は天台宗のお寺と親しい付き合いがある。昭和天皇の皇后だった良子（ながこ）さま（香淳皇后）の弟に、東伏見慈洽さんという人がいる。その人の子ども東伏見慈晃さんが、京都の天台宗の寺・

青蓮院門跡門主ご夫妻とスペインにて

青蓮院の門跡門主をしている。この人の夫婦と私たち夫婦は、ユネスコの世界遺産に登録されている、スペインのサンティアゴ・デ・コンポステーラ巡礼路を旅した。

サンティアゴ・デ・コンポステーラはキリスト教の聖地で、スペイン国内だけでなく、フランスからもそこを目指して毎年、多くの人が巡礼の旅をする。巡礼路にはシンボルのホタテガイのマークがついた標識が立っている。

珍しかったのは、東伏見さん夫妻と一緒だと、一般の人が入れないようなところが旅程に含まれることである。覚えているのは銀の製品の有名なお店があり、その店の社長が地下の大きいショーウインドーを案内し、「これはアラブの皇太子が買ったものです」「これは日本の皇太子さま（今上天皇）が買われて、雅子さまへのお土産にしたものです」などと説明し、その品物を見せてくれる。いずれも高価な品ばかりだろうが、値札は付いておらず、そんなものがたくさん並んでいた。

※巻末附録参照

【スリランカへの恩返し】

スリランカは、かつて日本が第2次世界大戦に負けて戦勝国に分割されそうになったとき、当時のジャヤワルダナ大蔵大臣がそれに反対する演説をして日本を救ってくれた、日本にとって大変恩義のある国だ。私は岐阜大学大学院時代にスリランカ人の院生エランガさんと知り合い、このことを知った。それ以来、スリランカは私の大好きな国の一つだ。

スリランカにお礼をしたい気持ちから、私はスリランカにできるだけ多くの寄付をしてきた。老人福祉施設で使われた1万台以上の車椅子をきれいに整備して贈ったり、何十台もの消防車や救急車を寄付したり、子ども用の文房具、楽器、パソコン、学校の校舎、老眼鏡なども贈った。

消防車を寄付すると言っても、新品の消防車は高くて手が出ない。はしごがついた救助工作車だと1億円ぐらいする。日本の自治体は消防車や救急車をそれぞれの基準で買い換える。それを譲り受けて、輸送するのである。それらの車両は毎日、消防士らが手入れし、磨き上げるので、新品のようにきれいである。輸送費は私が払う。救急車が7万円ほど、消防車は20万ほど、救助工作車は大きいので80万ほどかかった。

スリランカには独立した消防署はなく軍隊に含まれる。それで消防車、救急車の寄付を受け取るのも軍隊である。寄付に際してスリランカを訪れると、三軍（陸海空軍）司令官自ら指揮し、私たちの乗った車を軍隊の車がサイレンを鳴らしながら先導してくれる。

救助工作車を寄付したときは、フォンセカ三軍司令官が、「東南アジアでこんな立派な車両を持っているのはわが国だけだ」と大変喜んでくれた。現在は首相であるマヒンダ・ラージャパクサ大統領とも会って食事を共にした。

スリランカに学校の校舎を寄付したときは、私に賛同してくれる人たち二十数人を連れてスリランカを訪問した。それぞれが寄付する額は3万円から30万円ぐらいだが、合計すると、現地の通貨では学校にパソコン室やトイレなどを造る資金になるのである。

すると私たち訪問団は、大統領の招待で食事をしたり、三軍司令官の先導でパレードをしたりと、歓待を受ける、私たちも普段は味わえないようないい気分を味わえる。そんな訪スリランカ団を、自分の主催で何回か結成した。

こうしたことが可能だったのは、エランガさんのおかげである。彼女は名門の出なので、寄付をしたいというと特別待遇の段取りをしてくれる。夫とその兄弟はケンブリッジ大学を出たという、こちらもスリランカの超名門出身だ。夫はスリランカ航空の社長の友人なので、私の訪問団はいつもスリランカ航空を利用し、国賓待遇で行く。

ある年、日本を出発する日に台風のため電車が遅れ、出発時刻に間に合わなくなった。エランガに連絡すると、彼女が夫に電話をし、飛行機の離陸を遅らせてくれた。良くも悪くもスリランカはいまだに、権力のある個人の力が飛行機や軍隊までを動かすような国である。

【複雑な思い】

平成22（2010）年2月、私は自宅でラジオの英語放送を聞いていたとき、偶然、かつて私たちを歓待してくれたフォンセカ司令官が逮捕されたことを知った。それはどんな番組だったのか覚えていないが、フォンセカ司令官の娘が米国の放送でそう発言しているのを聞いた。私はめったに米国の放送など聞かないのに、虫の知らせだったのか、不思議な思いで「フォンセカさんが捕まった」という事実をかみしめた。

かつてスリランカに「タミル・イーラム解放のトラ」というテロ組織があり、スリランカ政府軍との抗争が激しかった。それを２００９年にフォンセカ司令官が壊滅させた。それによってフォンセカの人気が上がった。すると、マヒンダ・ラージャパクサ大統領は、次の選挙でフォンセカが立候補したら負ける、との危機感を抱き、彼を逮捕して投獄したのだった。

だがその後、大統領はかえって人気が落ちた。その上、中国が進めている一帯一路構想に協力するかたちで、大統領自身の故郷の漁港ハンバントタ港を中国の融資を受けて整備した。ところが、融資は6・8％の高金利だったために返済することができず、２０１７年から99年間、中国企業に貸し出す契約となってしまった。漁港の街は中国に支配された租界のようになり、現在は商船だけでなく、中国の軍艦も入って来ている。

スリランカのマヒンダ・ラージャパクサ大統領は失脚して、厚生大臣だったシリセーナが大統領になったが、勢力を維持できず、前の大統領の弟ゴーターバヤ・ラージャパクサが大統領になったので、また中国寄りの政策をとっている。

私は中国が嫌いなわけではないし親しい友人もいる。だが、オーストラリアのダーウィンでも、中国との商業港の賃借契約について問題が発生しているというような報道を目にすると、中国の強引なやり方には抵抗を感じる。

以前はスリランカを応援していたのだが、今の政権を見ているとその気持ちには複雑なものが混じる。

スリランカが今の日本を守った

第2次世界大戦後、日本列島を戦勝国が分割して統治するという案が出て、旧ソビエト連邦を中心に話し合いがもたれた。敗戦により連合国軍の占領下にあった日本が、独立後、再び大国になり軍国主義国家として台頭し、アジアの脅威になることを恐れたからだ。

1951年のサンフランシスコ対日講和会議で日本に巨額の戦争賠償を課し、分割統治する案が討議された。その会議の流れを大きく変えたのが、当時のセイロン政府代表・ジャヤワルダナ大蔵大臣、後のジャヤワルダナ・スリランカ大統領の演説だった。

彼は仏陀（ぶっだ）の教えから「憎しみは憎しみによっては消すことができず、愛によってのみ憎しみを消すことができる」と説き、戦勝国による日本国土の分割統治については、「アジアの将来にとって、完全に独立した自由な日本こそ必要だ」と反対した。ジャヤワルダナ氏は対日賠償請求権の放棄を宣言し、各国代表に同意を呼び掛けた。戦時中は英連邦自治領だったセイロンは、42年に日本軍の空襲を受けた。それにもかかわらず賠償請求権を放棄したことは、多くの参加者に感銘を与え、インド、ラオス、カンボジアなどがこれに続いた。まさに日本国独立の恩人である。

インド洋に浮かぶ「東洋の真珠」と呼ばれるスリランカは、国民の80％以上が熱心な仏教徒の国である。歴史的な親日国で、国連では日本の安全保障理事会常任理事国入りを応援してくれている。ジャヤワルダナ氏は、同じく仏教の伝統をもつ日本に対し、仏陀の説く慈愛の実践をしようとしたのかもしれない。

戦後のスリランカでは長年にわたり内戦が続き、６万６千人もの死者を出した。さらに２００４年のインド洋大津波では甚大な被害を被った。スリランカは内戦後の混乱と、天災とによる二重の災害で、複雑極まりない状況にあった。日本はこのとき、世界に先駆けて支援をした。スリランカ復興支援のための国際会議が東京で開催され、51カ国と22の国際機関が出席し、45億ドルの支援を決定した。日本は10億ドルを約束した。

1996年に亡くなったジャヤワルダナ大統領は、自らの角膜を「片方はスリランカ国民に、片方は日本国民に」提供してほしいと遺言を残した。実際、片方の角膜は新潟県の人に移植された。これほど彼は日本を愛してくれていたのである。

もしスリランカのジャヤワルダナ氏がいなかったら、日本は戦後、莫大な賠償金を背負わされ、旧東西ドイツや南北朝鮮のように国家・国民が分断されていたかもしれない。現在のような経済大国どころか、国際競争力もなく、経済的にも文化的にも貧しい弱小国になっていたかもしれないのである。

スリランカ、そしてジャヤワルダナ氏への恩を、日本は決して忘れてはいけない。

【心のおもむくままに】

ここからは、私の個人的な楽しみ、趣味について書いておきたい。同好の士に共感していただけたらと思う。

絵画　―チャーチル会―

髙島屋岡山店で管理部の課長だったとき、配送も私の管轄で、髙島屋の配送を請け負っていた両備運輸の庭瀬専務と親しくしていた。庭瀬さんとゴルフに行ったときに、チャーチル会の話を聞いた。

チャーチル会は全国的な絵の愛好家の会で、その名の由来は英国の政治家・軍人だったチャーチルが、２度の大戦中も趣味の絵画を続けていたことによる。昭和24（１９４９）年の東京で、人気ラジオ番組「二十の扉」の出演メンバーらによって、戦後の焼け跡にできた小さな喫茶店で発足した。活動は全国に広がっていき、現在は支部が日本に50以上、韓国やハワイにもある。

チャーチル会の会員だという庭瀬さんの話を聞いているうち、私も興味がわいてきて、「私も入れてください」と言ったところ、「髙島屋の課長ぐらいでは入れない」と、厳しい答えが返ってきた。チャーチル会には政財界のトップや、病院の院長、有名な文化人、芸能人、プロの画家も入っている。茶道・華道の家元、京都の冷泉家の当主も会員で、格調高いのである。歌手の加山雄三さん、オムロンの会長などもメンバーだ。

だが、「実は主婦が一番偉いんだ。だから奥さんを入れなさい」と言われ、妻が入会させてもらうことになった。おかげでパーティーなど社交の会があるときは、私は妻の同伴者として参加させてもらった。

私自身が入会できたのは岐阜に来てからで、岐阜には会がないため、愛知県の一宮の会に入れてもらっている。私は元々、写真を趣味でやっていたのだが、夫婦で同じ趣味を持ったほうがいい、という考えから私も絵を描くようになった。妻は人物画を好むが、私は風景画、特に建物を描くのが好きだ。今の家にはアトリエがあり、旅行にはスケッチブックと携帯用の絵の具のセットを持っていくことが多い。一宮の会の40周年記念で会の図録を作り、それに自分の作品が載ったときには感慨深かった。

チャーチル会には、名古屋出身の画家・杉本健吉さんも参加していて、そのご縁で杉本さんに絵をいただいたのも思い出の一つだ。

チャーチル会は社交クラブのような面もあるが、チャリティー活動にも力を入れている。年に最低4

杉本健吉画伯と

枚の絵を描いてそれを売る。売り上げを福祉活動や病院に寄付をしている。年に一度、どこかの会が主催して全国大会が行われ、ほかの会との交流ができるのも楽しい。

京都の周年記念行事に行ったとき、会員の一人の紳士が似顔絵を描くコーナーをやっていた。私も描いてもらい、描き終わった紳士に「お名前は」と尋ねられた。「鵜飼です」と答えると、「うちの顧問弁護士さんと同じ名字ですね」と言われた。私はもしや、と思い、尋ねてみると、下の名前も娘と同じ、似顔絵描きの紳士は兵庫医科大学（兵庫県西宮市）の理事長さんだった。「それはうちの娘です」と言うと、相手はびっくりしていた。娘は医療訴訟を専門とする弁護士だが、娘が兵庫医大の顧問をしているとは知らなかったので、私もびっくりした。楽しい偶然のエピソードである。

私にチャーチル会に入るきっかけをくれた庭瀬さんの息子さんは今、岡山チャーチル会の会長をしている。

テレビ出演

クイズ$ミリオネア

みのもんたさんの司会で人気のあったクイズ番組「クイズ$ミリオネア」（フジテレビ系）に、60代半ばのころ、3回出場した。

番組の本選に出場するまでに何段階かの予選がある。予選の最終段階では、あらゆる分野から問題が100問出され、それに通ると番組出場になるが、その回答によって番組側では誰がどの分野に強いかを把握するのだろう。そうして、ある人が番組で勝ち上がって、500万円、750万円、1千万円など賞金額が高い問題になると、その挑戦者が苦手とするジャンルから出題されることになっている。1回目はその予選を勝ち上がって出場した。

2回目は予選抜きの「ピンチヒッター」である。番組の収録は朝から晩までかかり、たまに都合が悪くなって出られない人がいる。私の2回目はそのケースで、東京のテレビ局から「明日、番組の収録に来られないか」と電話がかかってきて妻と一緒にスタジオに行った。

3回目に出場したときは、ピンチヒッターではなく、早押しクイズに参加する10

人に入れてもらった。回答に迷ったときの助っ人として「ライフライン」を準備する必要があり、私は電話で相談できる相手を自分が顧問をしているユニマットに頼み、スタンバイしてもらった。このときの待遇は全く違い、妻もテレビ局の美容室で髪をセットしてもらった。

今度こそ、センターシートでみのもんたさんと1対1でクイズに挑戦できる、と意気込んで本選に臨んだ。ところが、「これを勝ち抜いたらセンターシート」という早押しクイズの段になると、ふだんとは全く勝手が違う。

もし、この早押しクイズで勝ち抜いたら、甲賀の実家に撮影クルーが行くことになっていた。私は先祖が忍者だと言ってあったので、実家の家や蔵などを撮影したいということだった。それで、事前に実家に撮影スタッフが5、6人行ってあれこれ注文をつけたそうだが、あいにく兄が世界一周のクルーズ船の旅行中で、義姉が対応し、迷惑がられてしまった。それで、「もし本当に撮影ということになったらどうしよう」という思いが頭をよぎった。

また、岐阜県ユネスコ協会の人たちに「ミリオネアに出る」と言ってしまい、「賞金をもらったら、ユネスコに100万円寄付して」と期待がかけられていた。ほかからもそんなプレッシャーがかけられ、「1千万円もらっても、すぐになくなるなあ」

などと皮算用をしていた。

早押しクイズの席でこんな雑念がどっと押し寄せ、不思議なことにボタンを押す手が動かない。その隙にほかの人に先を越され、敗退となった。

そんなわけで、センターシートにも座れず、賞金を手にすることもできなかったが、東京・台場のホテル、当時のメリディアンで1泊させてもらい、ホテルでの食事、交通費も全て出してもらったので、結構楽しかった。ホテルの朝食会場のお客はテレビに出ている人たちがほとんどで、タレントの大竹まことさんがいて、何故か向こうからあいさつされた。日常とは違う世界は面白い。

開運！なんでも鑑定団

平成21（２００９）年の秋、テレビ東京の番組「開運！なんでも鑑定団」のなかの「出張！なんでも鑑定団in岐阜」の収録が、岐阜市制１２０周年の記念事業の一つとして岐阜市橋本町のじゅうろくプラザで行われた。同年12月8日に放映された番組では、岐阜城、長良川、川原町などの風景を紹介する映像が流された。前年は、ぎふ中部未来博から20周年の節目でもあった。私はこの番組に岡本太郎さんの記念の品を持って出演した。

私が鑑定に出品したのは、岡本太郎さんがぎふ中部未来博のシンボルとして作った「未来を拓く塔」のミニチュアレプリカだった。

ぎふ中部未来博のとき、髙島屋岐阜店で作った各種記念品がよく売れた。同じように、未来を拓く塔のミニチュアを作ったら、そのときの勢いで売れるだろうと私は思った。そこで、太郎さんの了承を得て、ミニチュアを10個作った。太郎さんが「８００万円以下では売らないでくれ」と言ったので、値段は８００万円にした。ところが、髙島屋の店長が「一つ８００万なら10個で８千万。売れなかったらどうするのだ」と慎重な態度を見せ、結局販売させてくれなかったので、私が全部引き受けることになった。

自分で引き受けたと言っても、１個８００万円は百貨店での売り値であって、原価はそんなにしない。美術品の場合、原価は売り値の60％ぐらいである。それに作者に箱書きをしてもらうとそれだけで60万から80万円ぐらい売り値が上がる。実に、物の値段はあってないようなものである。

さらに極端な例は、淡路五色リゾートカントリー倶楽部のオープン記念品として作ったウイスキーのボトルである。池田満寿夫さんデザインの特製ボトルで、中身はサントリーの山崎だった。当時、髙島屋は発注元のＫさんの会社に１本１万円で売った。作ってから25年以上たっているから、今ならおそらく50万円ぐらいになっているだろうが、中身の液体は原価数百円である。ボトルデザイン、包装などで商品の価値は何倍にもなるのである。

車を例に取ると、鉄は1トン約9万円、アルミは1トン約30万円だが、鉄がクラウンになると400万円ぐらい。同じ車でもフェラーリなら最低2千万円だ。実際、デザイン料がそんなに違うわけではない。いかに名前を売って、デザインし、加工するかでそれだけの差が出る。国内大手が市販しているパンとフォションのパンは、値段が3倍も5倍も違う。しかし、小麦、バターなどの材料がそれほど違うわけではない。結局、物の価値は、いろいろな要素の組み合わせと名前が決めるのである。そういうことを、私は百貨店に勤め、内部で見ていて早くに知った。

さて、「なんでも鑑定団」にミニチュアの一つを出品し、「本人評価額」を控えめに200万円とした。鑑定の結果、評価額は500万円と出た。だが、「鑑定団」の評価額は業者が買うときの値段であって、欲しい人がいると、価格は上がっていく。

その後、1個も売っていないので全て私の手元にある。欲しい人はたくさんいただろうが、太郎さんの望みだったので値段は下げられない。また、個人に売ると型取りしてコピーを作られることがある。すると、世の中にたくさん出回り、価値が下がってしまう。コピーは収縮するので本物より少し小さくなるのだが、素人には本物かコピーかが分からない。私が死んだら美術館に寄贈しようと思っている。

短歌

私が短歌を始めたのは定年退職してからである。現在、故米田雄郎(とし)創設の好日社の同人になっている。定期的に、月刊誌『好日』、ロータリークラブが発行する全国版の月刊誌『ロータリーの友』、京都大原の天台宗寺院・三千院の季刊誌『三千院』に作品を投稿している。私の会社のスタッフである中島さんが大変有能で、毎月締め切りが近くなると「今からどこにも行かないで作ってください」と見張っている。そのおかげで、欠かさず投稿することができている。

私は、難しい言葉を使うより、日常の言葉を使った方が相手に伝わりやすいと思い、易しい表現を心掛けている。歌作りに凝る人は「難しい、どういう意味だろう」と考えさせるものが好きかもしれないが、それはおそらく一部の人だろう。私はできるだけ易しい言葉で、相手の心に響くものがいいと思っている。

好日社には元々母が同人として参加していた。母は私のすぐ下の妹、節子の夫の母、岡田静子さんの誘いで、昭和43（1968）年に好日に入社し、歌を作り始めた。母と同じころに、姉の笹川靖子も入り、才能を発揮して一時は滋賀県歌人協会の会長もしていた。

母はたくさんの子を産み、育てながら、畑を耕し、本や雑誌に親しむ時間もなく過ごしてきたが、歌を作り始めると、毎月必ずたくさんの歌を出詠した。私たちきょうだいは、母の歌集を出版しようと考え、母も準備を進めていたさなか、平成元（1989）年3月に父が亡くなった。さらにその1カ月後、母の姉が亡くなり、母は一時、筆を執る気力も失ったようだった。しかし、家族に励まされながら、同年11月21日、歌集『杣川ざくら』を発行するに至った。したがって、母の歌集には、父を送った悲しみも歌われている。

歌集のデザインを考えていたころ、私は淡路島のリゾートホテルの準備で池田満寿夫さんと親しくしており、池田さんに歌集の表紙の絵と題字をお願いしてみた。池田さんは快く引き受けてくれて、私の懐具合を心配し、「お金をかけずに作れるデザインにしたよ」と、シンプルだが味わい深い表紙を作ってくれた。色は明るいブルーとグリーン、故郷の杣川の波をイメージしたイラストが、カタカナの「ハハ」をいくつも重ねたデザインになっている。

母は「田舎のおバアがこんな有名人に描いてもらった」と、とても喜んでいた。池田さんのデザインなので、読売、朝日、毎日などの全国紙が大きく取り上げてくれた。

ロータリークラブの会報の選者は、歌人の馬場あき子氏と佐佐木幸綱氏である。短歌のページのトップに、選者評とともに載せてもらうのはなかなか難しいが、22（２０１０）年以来、10回トップに選ばれたのが自慢である。私の場合、海外旅行で生まれた歌が圧倒的に多い。

トップに載ったものではないが、30（２０１８）年のこんな歌を読み返すと、そのときの思い出がよみがえる。

耕運機に乗りて原野を一時間友の買いたる夢の土地見る　　佐佐木幸綱選

これはカンボジアに行ったときの光景を詠んだものである。カンボジアのユネスコ協会の友達が結婚し、土地を買ったという。そのお祝いに行ったのだが、最初はマイクロバスで行けるところまで行き、その後は道なき道をトラクターの後ろにリヤカーをつないで、みんなで乗っていった。タピオカの原料となるキャッサバや、タロイモが干してある景色のなかを1時間ぐらい揺られて行った。友達はその先に小屋を建て、果樹園を営んでいた。

そのとき聞いた話では、カンボジアには土地の登記簿がなく、町長さんに「土地を売ってください」と言うと、「では、ここからここまで」と現地で決めて売ってくれるそうだ。

最近では、こんな歌も取り上げられ、トップを飾った。

長良川桜満開中国の友よりマスク1000枚届く　馬場あき子選

令和2（2020）年の歌である。これまで中国は周年行事の折などに何度か訪ねているし、向こうからも岐阜に来てくれ、人民政府の高官やその周辺の人たちとも、飲んだり、食べたり、歌ったりする仲である。コロナ感染の急増で、日本中の店頭からマスクが消える騒ぎとなったとき、中国江西省の友人がマスクを送ってくれた、その喜びを歌にした。柴橋岐阜市長に許可を得たので、岐阜公園の中国庭園に歌碑を作る予定である。※ロータリークラブ会報の主な句は巻末附録に所収

三千院門主の堀澤祖門大僧正も好日社の社員で、お坊さんとしては雲の上の人だ

が、姉・靖子は選者をやっていたので、短歌の世界では姉の子分のようなものである。歌の世界で堀澤さんと姉は親しくしていたが、その場に弟の私もよく同席し、私も堀澤さんと親しくなった。会報『三千院』の短歌のページには全国から応募があり、載せてもらえるのは、1回に1人せいぜい2、3首だが、私は10首以上載る。トップを飾ることもしばしばだ。

私は相手がどんなに偉い人でも、思ったことをはっきり言い、相手に役立ちそうな情報は何かと考えて、率直に話をするので、そんなことも重宝されているようだ。

例えば、奈良の薬師寺には岐阜からも僧侶が勤めており、親しくしているお寺の一つだが、大変大きなお寺であるにもかかわらず、僧侶が11人しかいない。一方、三千院には約5倍の54人いる。薬師寺の僧侶は三千院の5倍働いていることになるが、給与はその分多い。三千院は

三千院門跡門主と
（左端は妻和美、右端は妹靖子）

人数が多い分、仕事が少ないが、給与もいいとところはいい仕事をする。三千院は運営、宣伝など役割分担を明確にし、もっとうまく人を使わなくてはいけない。

あるいは、私はタイやミャンマーなど東南アジアの仏教寺院をたくさん見てきているが、最近は古い寺でも、寄付をインターネットや電子マネーでできるようにしている。そのほうが、寄付が集まりやすく信者も増える。

このようなことを私が話すと、堀澤さんは熱心に聞いてくれる。仏教寺院のピラミッド型社会では、そんなにずけずけと門主さんに意見を言う人も少ないのだろう。今では、堀澤さんの誕生日に一緒にお祝いの席に呼んでもらうなど家族付き合いをしている。

音楽

若いころ、妻との出会いを導いてくれた音楽を私はまた楽しみ始めた。きっかけは、岐阜まちおこしの会という集まりで、「ウィーン岐阜合唱団」の音楽監督・指揮者である平光保さんからの「コーラスをやっているので見に来てください」という誘いだった。私は平光さんに教えられた練習会場に見に行き、練習を見学して「いい歌声だなあ」と心を動かされた。ところが、それは平光さんの合唱団ではなく、「コールファーテル」という全く別のアマチュア男声合唱団の練習だった。私は練習の日を一日間違えていたのだった。

平光さんの合唱団は、男声、女声合わせて１５０人ぐらい。一方のコールファーテルは、男声ばかり28人。私は１５０分の１より、28分の１の方が、自分の存在感がある気がしたので、コールファーテルに入れてもらうことにした。メンバーは、名古屋、岐阜近辺から集まったお父さんたちで、現在は60代、70代が中心だが、なかなかの歌唱力だと思う。お経で鍛えたのど自慢のお坊さんもいる。現在はコロナ禍で活動は休止しているが、サラマンカホールで発表会も行っている。レパートリーは合唱用組曲、民謡、中島みゆきさんと、幅広い。

「コールファーテル」の公演

楽器の方は現在、聴く方に専念している。

私は指揮者の田中瑞穂さんと40年来の付き合

いで、今もコンサートの案内をもらうと聴きに行くのを楽しみにしている。

田中さんは、「ムジカセラミカ」というファインセラミックス製の楽器による音楽活動の中心的な存在だった。木管楽器や弦楽器に使われている黒檀（こくたん）、紫檀（したん）など硬質の木が乱伐によって激減しており、近い将来、楽器の材料が不足することが懸念されている。そこで通産省（現経済産業省）や名古屋市、音大の研究者などが協力し、ファインセラミックス製の楽器を研究・開発する「ムジカセラミカ振興会」を立ち上げた。ムジカセラミカの演奏会は、焼き物の町、常滑を会場に二十数年行われた。バイオリニストの佐藤陽子さん、フルート奏者の神崎愛さんもそのメンバーだった。佐藤さんはセラミックのバイオリンについて、「重いので長く弾くのには向かない」と感想を言っていた。佐藤さんのストラディバリウスは400グラムぐらいだが、セラミックのバイオリンは1キロぐらいだという。

田中瑞穂さん、佐藤陽子さん（右端）と私たち夫婦

田中瑞穂さんは、第２次世界大戦中に多くのユダヤ人の命を救った、元外交官・故杉原千畝さんを称える人道の丘公園（岐阜県八百津町）に、ファインセラミックス製のモニュメントを作ったことでも知られる。モニュメントはパイプオルガンをイメージしたもので、「平和の音楽」を奏でる。

写真・カメラ

写真は髙島屋に勤めていたころからの趣味で、岐阜新聞社写真協会に入っていた。岐阜市議会議員の服部勝弘さんと知り合ったのも、この会の活動を通じてだった。岐阜市の神田町通り（現長良橋通り）の岐阜ガスサービスステーションで、写真の個展を３回ほどやった。読売新聞写真大賞をもらったこともある。岐阜新聞写協でも何回か賞を取り、よく新聞に載せてもらった。

十六銀行の頭取だった清水さんも私の個展を見に来てくれ、白川郷の写真など作品をいくつか買ってくれた。十六銀行は良い美術品をたくさん所有しているが、写真作品は私のものと、田幸紡績（現田幸）の社長だった田島一男さんのものだけである。したがって、十六銀行の美術品カタログに、写真家としての私の名が載っている。十六銀行の１２０周年記念所蔵品展の図録「日本の美」を私に特命で注文してくれたのも、それが理由の一つだったのかもしれない。

カメラについては、岐阜市出身の映画監督神山征二郎さんとの面白いエピソードがある。

平成20（2008）年、岐阜県・江西省友好提携20周年記念の訪中団として中国に行ったとき、神山征二郎さんと一緒になった。上海で夜店を2人で回ったとき、私は中古の蛇腹カメラ（スプリングカメラ）を2台買った。今ではもう作られていない、安物の骨董品だが、珍しいので神山さんはそれを「1台分けてくれ」と何度も欲しがった。私もカメラが趣味だったので申し訳ないがお断りした。

私は、チェコや旧ユーゴスラビアに行ったときも骨董屋で蛇腹カメラを買った。こういうものは技術がどんどん進歩するので、時代とともに変わるのが面白い。

写真を熱心にやっていたころは、スウェーデンの歴史あるハッセルブラッド社のカメラを買った。ドイツのライカ、コンタックスなどとは比べものにならないぐらい高いものだ。ハッセルブラッドは1962年10月、マーキュリーロケットに積まれて初めて宇宙に行き、また1969年には初めて月面着陸したカメラでもあった。ハッセルブラッドのカメラはレンズも胴体も、ファインダーもフィルムマガジンも、水準器も、全部バラバラにでき、その全部にシリアル番号が付いている。岐阜にも熱心なファンたちがいて、ハッセルクラブを作っている。

フランスの機関銃用の台座を作っている会社ジッツォの頑丈な三脚を、フランスで買ってきたこともある。三脚は角度が0・1度ぶれても、1キロ先の被写体にはひどいぶれになるため、ぶれないのが欲しくて、重たい物を向こうで買ってきた覚えがある。撮影に行くときは、リュックに中判カメラを2台か3台入れて歩くのでかなり重たいが、さらに三脚まで担いで撮影に行っていた。

ちなみに田幸の田島さんもカメラに凝っていた。私のハッセルブラッドは66カメラといって中判カメラだが、田島さんのは、もっと大きい大判カメラでフィルムも大きい。それを持って富士山、北海道などの写真を撮ってきていた。さすがにとてもきれいに撮れていた。

車

私は車が好きで、ほとんどトヨタ・クラウンを愛用してきたが、10年ぐらい前からトヨタ・レクサスがお気に入りだ。

五十数年前の新婚旅行も、当時は車を持っている人は少なかったが、車が好きだったので自分の車を運転して行った。そのとき乗っていたのはヒルマンミンクスだった。ヒルマンミンクスは、いすゞ自動車が英国から輸入した部品を組み立てるノックダウン生産で作っていた車である。鉄板が厚く、ブレーキはやや甘いが頑丈な車で、インドでは今も違う名前で走っている。

新婚旅行は九州一周だった。途中、姫路で夜、走っていたとき、疲れが出て、つい居眠り運転をしてしまった。前にいたトラックにぶつかったのだが、トラックは後ろの荷台の下にスペアタイヤをつけており、その底の部分に当たったので、両方ともへこみもせず、怪我もなかった。運転手が怒って降りてきて、運転免許証を見せろと言った。ところが私が見せたのは、警察から発行された「免許預かり証」の赤い紙切れだった。実は、新婚旅行の直前、勤務中に難波球場の横の駐車禁止区域に車を止めていて、駐車違反で免許を取り上げられていたのだ。その事情を説明したら、運転手は笑って許してくれた。ひやりとしたが、無事だったので面白い思い出になった。

最初に乗ったクラウンはディーゼル車だった。石油危機のときだったが、重油を使うのでガソリン車に比べて燃費が倍ぐらい良い。当時、ガソリンは1リットル七、八十円、ディーゼルは50円ぐらいで、距離がよく延びる代わりに馬力は弱く、坂を登るとき後ろから黒い煙が出た。これを運転して、岡山から途中、日本海をフェリーで移動し、北海道まで行った。燃料が買えないといけないので、ジープが後ろに積んでいたような燃料タンクを積んで走った。

また、家族３人で九州に行ったときは、広島で夜、交通事故に遭った。このときは会社員が運転する車に当てられ、クラウンのドアがくしゃっとつぶれた。妻がどこかを打ったが、大きいクラウンだったのが幸いして、誰もひどい怪我をしなかった。夜遅かったため泊まるところがなく、その晩は相手の会社員の上長の家に泊めてもらったのを覚えている。九州旅行は取りやめ、翌日、ガムテープでドアやガラスを張り付けて、岡山に帰った。

その後、クラウンデラックスディーゼル、クラウンデラックス、クラウンハイデラックス、クラウンスーパーデラックスとグレードアップし、ロイヤルサルーンを買ったときはうれしかった。

現在は、レクサスＧＳ４５０Ｈ、レクサスＬＳ５００Ｈに乗っている。80歳のときには、高速道路をレクサスＬＳ５００Ｈの自動運転で走り、秋田で開かれたチャーチル会の全国大会に参加した。帰りは日本海側から蔵王方面を通り、太平洋側へ回って帰ってきた。とても気持ちが良かった。走行距離は約2千キロの旅だった。

ライフル

趣味でライフルもやっていた。当然だが、ライフルを所有するには厳しい制限がある。猟銃は害獣駆除など実用的な需要もあり、持つ人はライフルより多いが、猟銃の所有も昔より厳しくなっているようだ。

猟銃を持つときは講習があり、銃の持ち方、外し方、手入れの仕方などを習う。持って歩くときは、引き金を引いても発砲できないように銃身を曲げ、銃口は必ず下に向ける。

猟銃を持って10年以上何も問題がなければ、ライフルの免許を申請することができる。申請すると素行調査、医者の診断を受けなければならない。免許が下り、ライフルを持つと、毎年、保管庫が検査される。

私は珍しいことが好きなので始めたのだが、殺生ができないので猟銃は苦手である。ライフルは作られた標的を撃つので、その方が自分には合っている。

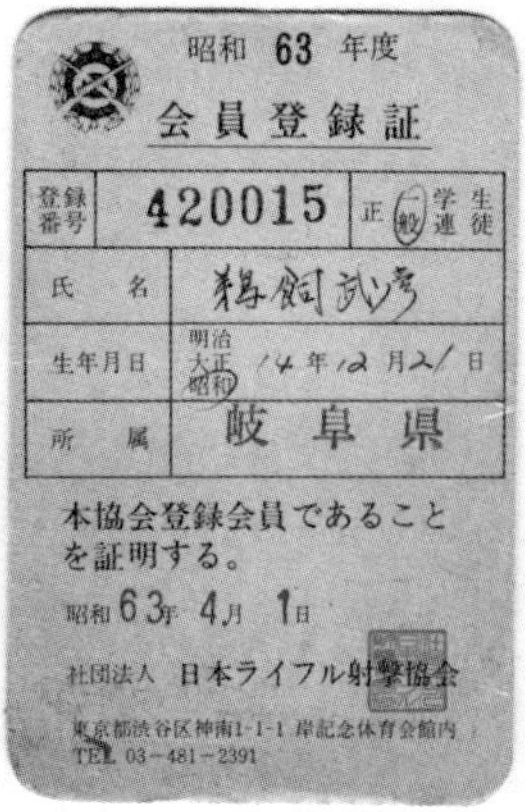

昭和 63 年度

会員登録証

登録番号	420015	正 一般 学連 生徒
氏名	[illegible]	
生年月日	明治 大正 昭和 14年 12月 21日	
所属	岐阜県	

本協会登録会員であることを証明する。

昭和 63年 4月 1日

社団法人 日本ライフル射撃協会

東京都渋谷区神南1-1-1 岸記念体育会館内

TEL 03-481-2391

ライフル射撃協の会員証

岐阜県にライフル射撃協会があり、その会員にならないとライフル所持はできない。メンバーは単独で射撃に行くことはなく、決まった場所で会員たちと練習をする。会員は20人ほどしかいないので、国体があればすぐ出場メンバーに入る。免許は毎年更新する必要があるが、うっかり忘れて免許の期限が切れたら、銃砲刀剣類所持等取締法（銃刀法）の不法所持に当たり、免許は取り上げになる。そうなったら高いライフルでも、何も補償もなく取り上げられ、二度と銃は持てなくなる。

私は市長選挙で落選したとき、ライフル免許の更新を忘れて取り上げられ、それでライフルの趣味も終わった。

普通は運転免許と同じで免許更新の案内が来るのだが、このときは来なかった。私のように選挙に落ちたとか、会社が倒産したとか、そういうときにはイライラしてライフルで事件を起こす可能性が高いので、更新忘れでライフルを取り上げる状況をつくる意図があるようだと知人に聞いた。

射撃協会の会員でふだんは超紳士だが、総会の時に声を荒げて怒った人がいた。その一件で彼は協会除名となり、ライフルを持てなくなってしまった。そのようにライフル所持者に対する監視の目は厳しい。

忍者考

今や「ｎ・ｉ・ｎ・ｊ・ａ」は外国語の辞書にも載っており、世界中に知られるようになった。映画、ドラマ、漫画、アニメ、ダンスなど、ポップカルチャーにおいても、忍者の人気は世界的に高い。

平成30（２０１８）年には三重大学国際忍者研究センターに事務局を置く「国際忍者学会」が発足し、学術的な研究も本格的になってきた。三重大学大学院は「忍者・忍術学」を専攻科目として開講している。国際忍者学会は毎年研究会を開き、会誌『忍者研究』を発行している。研究会には国内だけではなく中国、ロシア、英国、米国など各国の研究者たちが集まる。

三重県伊賀市で国際忍者学会が行われたときは、奈良県の大峯山に現存する山伏の一団や忍術の修行を楽しむ忍者愛好家のグループも参加し、盛り上げていた。

こうした活動は同じ忍者の地でも、伊賀市が中心で伊賀市役所の職員が忍者の装束を身に着けたり、コミュニティーバスの上にプラスチックの忍者の人形が張り付いていたりする。甲賀市は、甲賀忍者と同じで目立たない、安全な道を取っているようだ。

そもそも、この忍者ブームの発端は鵜飼家の蔵に保存されていた忍者関係の古文書だった。まだ甲賀にいたころ、当時の甲賀高校校長の山口正之先生がうちの蔵に入り込んで、熱心に古文書を見ていた。子どものころ、わが家は外へ出るとき、鍵を掛けるという習慣がなく出入り自由だった。家や蔵の間を通ると近道なので、よその人がよく敷地を歩いていた。山口先生は私のきょうだいたちを高校で知っており、父とも親しかったので自由に蔵に入って調べ物をしていたのだろう。

大阪の高島屋にいたころ、私は梅田の地下街の古本屋で山口先生の本を見つけた。その中に鵜飼家の先祖さんの名前がいっぱい出ているので、それを買って帰った。この本が、後にいろいろな作家や漫画家のインスピレーションの元となった、『忍者の生活』（雄山閣、1963年）である。また、この本から数多くの研究書が生まれたと言ってもよい。

現在、忍者研究の第一人者である三重大学教授の山田雄司先生は、私の岐阜の家にも古文書を見に来た。

そのとき「鵜飼さん、サウジアラビアから、忍者のことを教えに来てほしいと言われている」と言い、怖がっていた。結局、山田先生は辞退したが、その少し後の30年10月、サウジアラビア政府を批判していたサウジの新聞記者が、トルコのサウジアラビア総領事館で殺害されるという事件が起こった。山田先生からサウジからの招待の話を聞いたとき、先生が怖がっていた理由を、私はそのとき分からなかったのだが、この事件に関わる何らかの情報を聞いていたのではないかと思う。それぐらい忍者はさまざまな点で注目されているということだろう。

私は先祖の忍者についていろいろ調べ、ずっと温めていたものを形に残しておきたいと思い、一冊の本にまとめて、31（2019）年1月、『甲賀忍者考』として出版した。

発刊に当たって山田雄司先生、甲賀市長の岩永裕貴さんに言葉を寄せてもらった。また、甲賀忍者のゆかりの飯道寺は天台宗、天台宗の総本山は延暦寺、三千院の起源は延暦寺にあるので、元叡山学院長で三千院門主の堀澤祖門さんにも書いてもらった。改めて、先祖の導きでさまざまなご縁に恵まれたことに感謝している。

先進科学への興味

財団法人科学技術交流財団は平成6（1994）年に設立されたが、私は当初からの会員である。同財団は科学技術の交流会で、産・官・学の連携と協力により活動し、協同研究、研究交流事業、成果普及事業、教育研修事業、情報提供事業、重点研究プロジェクト推進事業をしている。この中で最も力を入れているのは量子加速器の研究、次世代自動車イノベーション、エコシステム設計形成などの事業である。

約７５０人の会員のほとんどが大学の教授か行政か法人のトップで、法人会員と個人会員、学識会員があり、私は中部総合研究所の理事長として学識会員で入っている。会費は10万円、５万円だが、学識会員は年間５千円で超優遇されており、出張や見学会などはすべて無料で参加できる。

今まで見学・視察したところで印象的なところは、山梨にあるリニアモーターカーの試乗、ＪＡＸＡ宇宙航空研究開発機構の見学、各種観測衛星の打ち上げ、航空機精度向上の研究機関における風洞実験や月面車の研究である。

ＪＡＭＳＴＥＣ海洋研究開発機構の見学について触れると、ここには有人潜水調査船「しんかい２０００」や「しんかい２０００」が展示されており、「しんかい２０００」の球形の狭い船内に入らせてもらった。深度６５００メートルまで潜ることができる現役の「しんかい６５００」は、最深部で耐圧性細菌を発見し、地球の歴史を知る上で大変重要な役割を果たしている。

また、研究船としては長さ２１０メートル、国際総トン数５７０８７トンの地球深部探査船「ちきゅう」がある。この船は深さ7千メートルの地球深部まで掘ることができる素晴らしい能力を誇り、地震国日本の地殻変動の調査や海底資源の探査を行っている。メタンハイドレードの試験掘削も行い、日本近海に多く埋蔵され、日本の必要エネルギーを100年以上賄える埋蔵量があることを確認している。

兵庫県佐用町にある大型放射光施設「SPring-8」の大きさには驚いた。放射光を取り出すビームラインだけでも1キロメートルあり、円形加速器や実験設備がある蓄積リングは直径500メートルで、建屋は3階建ての建物に匹敵する高さである。

放射光とは光速近くまで加速された高エネルギーを持った電子、または陽電子が磁場中を通過すると磁場によって軌道が曲げられ、その時軌道の接線方向に放たれる電磁波のことである。この放射光を利用して分光分析すると、いろいろなことが分かる。試料を壊すことなく重元素の含有量などを知ることで、物の成り立ちや産地・特性を判別することもできる。また、生命科学の分野ではナノテクノロジーの設計原理の解明に役立てられている。

このように科学技術交流財団の会員として、普通では行けない先進科学技術の現場や各企業の工場や研究室を見させてもらっている。10万トンを超える船の造船所、航空機や住宅メーカー、ナノテク食品工場、シンクロトロン、原子力発電所・原子炉、薬品工場、酒造工場、ファッションメーカーなど、あらゆるところを見学してきた。勉強会や講演会では火山のマグマの様子が写真で分かるミューグラフィックをはじめ、新しい知識を吸収している。

第6章

鵜飼家の人々

これまでに私の親類縁者の名前のいくつかが登場したが、私の家族と、私の子どもの世代までの親戚については、少し補足をしておきたい。また、この機会に家系図を作成し、載せておきたいと思う。（以下敬称略）

【父母の兄弟姉妹】

父の姉のトミは、同じ甲賀の出身で北海道に移住した西村助三と結婚した。この伯母が甲賀に里帰りするときは、皆に土産をくれるので好きだった。伯母に伊勢の二見浦に旅行に連れて行ってもらったことがある。旅行にはきょうだい全員を連れて行くわけにはいかないので、私と他の2人ぐらいがついていって、夫婦岩の見える旅館に泊まった記憶がある。ちなみに、私たちきょうだいは一度に全員が連れて行ってもらうことができないので、そのようにして交代で親の旅行に連れて行ってもらっていた。

北海道には伯母夫婦の子どもたちの一族が住んでおり、いとこの一人が先日、魚を送ってくれた。

私の母の生まれは、滋賀県土山町である。土山宿は東海道五十三次の49番目の宿場町で、鈴鹿馬子唄に「坂は照る照る　鈴鹿は曇る　あいの土山雨が降る」と歌われている。母の実家は農家だったが、教育熱心な家庭だったらしい。

母の姉は女子美術専門学校（現女子美術大学）に学び、日本画家の片岡珠子とは友達だった。生け花の草月流の初代家元勅使河原蒼風の一番弟子となり、師範の資格を持っていた。国会議事堂に飾られる生け花を全て担当していたこともある。

この伯母は東京都視学官と結婚して、高級住宅地に住み、私が一度、おんぼろの車で家を訪ねたとき、「これから客が来るから、しばらく車でどこかに行っていて」と門の前から遠ざけられたのを覚えている。伯母の息子は、日産自動車に勤め、退職後、妻の故郷の金沢市に引っ越し、その辺り一帯を販売エリアとする日産系の販売会社の会長をしていた。その会社にはユニマットの顧客になってもらった。

伯母が亡くなったとき、私は母を連れて葬式に行った。母の名のついた枕花に並んで、西武グループ代表だった堤清二氏の名前のついた枕花が飾られており、母はそれを見て「花だけは堤さんの隣やわ」と威張っていた。

母の弟は、滋賀県の教育委員会委員長を長く務めた。103歳の長寿だった。

母の妹は滋賀師範学校を出て、大津の中央市場の経営者と結婚した。夫が亡くなってからは、琵琶湖のほとりのホテル紅葉館で宣伝部長のような仕事をしていた。

【私の兄弟姉妹】

私のきょうだいの配偶者や子どもたちには、医学、歯学、薬学関係の仕事をしている者が多い。

一番上の兄・一彦が実家の農地を引き継いだ。医学博士号を持つ兄の長男が跡を取っているが、田畑だったところでソーラー発電を行っている。また、その近くに天文台「アストロハウス」を建て、運営している。

一番上の姉・麗美の息子は大手薬品会社の大阪支店長、麗美の娘の夫は、栃木県立がんセンターの院長だった。

2番目の兄・敏彦は父と同じく関西電力に勤めていた。その長女は京都府立医科大学附属病院の薬剤師、その夫は薬学博士で大阪大谷大学の教授である。兄の長男は歯科医、妻も歯科医である。兄の次女の夫は内科医である。

2番目の姉・明子は、三大寺家の息子で株式会社タクマの役員になった三大寺泰敏と結婚した。三大寺家は、京都に映画館やダンスホールなどを経営する裕福な実業家の家だった。泰敏の母親は、髙島屋創業家・飯田家の家庭教師をしていた。

3番目の姉・靖子は、滋賀県の大手建設会社・笹川組の社長の息子と結婚。自身は、短歌の世界で活躍している。歌も得意で、びわこホールでリサイタルを行ったこともある。地域のイベント関連でNHKのど自慢が開かれるときには、必ず頼まれてイベントの歌を歌い、鐘を五つ鳴らしてもらう、という面白い役割を果たしていたこともある。

すぐ下の妹・節子はワコール社長のおい・岡田芳彦と結婚した。芳彦の母・岡田静子の夫は近江八幡の市長だった。静子が短歌の好日社の同人だったので、私の母が誘われて、短歌を始めた。姉の靖子が短歌の世界に入ったのも、この人のおかげである。

末の妹・京子は、同じ姓の鵜飼夫妻の養女になったが、協和電気の野村耕作と結婚し、今も鵜飼姓である。京子は倫理法人会

私の兄弟姉妹（左から生年順）

一彦　麗美　敏彦　靖子　私　節子　京子　俊治

甲賀支部の初代会長だった。また、滋賀県人会の活動も積極的にやっている。

末っ子である弟の俊治はワコールに勤めた。弟の孫が一族では現在のところ最も幼く、令和3（2021）年の生まれである。

父から見て3代目の孫たちの中にも医歯薬学の道に進んでいる者が何人かいる。4代目になる「やしゃご」の世代が既に10人近く生まれている。名前は皆漢字だが、簡単には読めないしゃれた名前が多い。

親戚が集まるのは残念ながら葬式のときぐらいだが、母が歌集を出版したときは、120人ぐらいが集まった。


【妻】


妻の和美はお金に無頓着な性格で、両親が亡くなった後、遺産相続の際にも相続を放棄した。そのとき土地を相続した姉妹が、そこにマンションを建てて、財産をかなり増やした。その人が亡くなり、結局、妻のものになって戻ってきた。

このごろ気がついたのだが、例えば砂浜で「ここは自分の場所だ」と、よそから砂を取ってきて盛ると、砂を取られたよその方はへこみ、こちらの方が高くなる。しかし、風が吹いたり、波が来たりしたら、へこんだ方に砂は流れて戻ってしまう。

取られた方は、取られたものが戻ってきたとしても、自分のところの砂を持って行かれたと、相手を良くは思わない。逆にこちらの砂をあちこちにあげると、こちらがへこんでしまっても、知らないうちに戻ってくる。戻ってきたとしても、相手から悪く思われることはない。

物を無理に取り込んでも、やがてはなくなってしまうが、手放すことで得られることもある。妻からそんなことに気付かされた。

【娘】

娘の鵜飼万貴子は、同志社大学法学部を卒業し、平成10（１９９８）年から15（２００３）年まで裁判官を務めた。奈良の裁判所にいたとき、何かのついでに夜、職場に会いに行ったことがあった。判事となると大きな机を与えられ、若い娘でも、年配の男性事務官より立派な椅子に座っているのにびっくりした。

16（２００４）年からは弁護士として、主に医療機関の代理人を務め、医療関係の訴訟を得意分野とするようになった。18（２００６）年から米田泰邦法律事務所で、米田弁護士の下で、各府県の医師会事案、いくつかの大学病院の事案などを扱った。その後、大阪市に白水法律事務所を開設し、その所長を務めている。また、京都府立医科大学の客員教授として、医学生命倫理学を担当している。

いつか、私がロータリークラブの花見会で大阪へ1泊で行ったとき、娘の事務所に顔を出してもいいかと連絡をしたら、「いいよ」という返事だったので、夜、かなり遅い時間だったが訪ねていった。娘は私を応接室に通し、ポータブルテレビを運んできて、「今、やることがあるからこれを見てて」と言い残し、それきり姿を見せない。そんなところでテレビを見ていてもしょうがないので10分ぐらいで引き揚げた。こんな具合で娘はいつも忙しそうなので、1年に合計1時間ぐらいしか話ができていない。

娘が子どもだったころ、私は仕事柄、土日は休めないので、あまり遊んでやることはなかったが、旅行にはよく連れて行った。夏休み、冬休みも百貨店は忙しい時期だが、その代わり、その時期が終わると10日から2週間の休みが取れるので、娘には学校を休ませて、車で1週間ぐらいの旅行に行った。学校の先生には、「子どもを休ませて旅行に連れて行くのは鵜飼さんだけだ」と言われた。私の考えでは、学校は学問を教えてくれるが、親と一緒に旅行をすることで子どもは社会勉強ができる。

娘が小学校6年生だった年の9月に、私が岐阜市に転勤した。それまで通っていた岡山の小学校では、修学旅行がまだ行われていなかった。ところが転校先の岐阜の小学校では、もう終わっていた。小学校の修学旅行を経験しないで人生が終わってしまうのはかわいそうだと思い、岡山の市立横井小学校に修学旅行に娘を参加させてくれないかとお願いした。願いは聞き入れられ、娘は在校生に混じって参加させてもらうことができた。横井小学校の先生には、今も感謝している。ちなみに、岐阜から岡山まで娘を送り届けたのだが、修学旅行の行き先は名古屋だった。

【猫】

わが家の主（あるじ）は体重が7キロ近くある白い猫「ランプ」である。ランプの母親は3本足の野良猫で、うちの駐車場にすんでいた。その野良猫が2匹子どもを産んだ。その2、3日後、妻とどこかに行った帰りに、駐車場の向こうの方に何かが横たわっていた。見ると、3本足の猫が死んでいた。

確か、生まれて2、3日の子どもがいたが、放っておいたら死ぬかもしれない、と思い、私は段ボールに餌を入れて、その上を通ったら落ちるようにわなを作って置いておいた。そうやって捕まえたのがこのランプである。もう1匹は捕まえられなかったので、野良猫になったのかもしれない。

子猫を拾ってすぐ、動物病院に連れて行ったとき、受付で名前を聞かれたが、まだ名前を付けていなかった。そのとき、来日したトランプ大統領が日本をたつ飛行機に乗り込むところが動物病院のテレビに映っており、とっさに「トランプ」と名付けた。ところが、後日、娘がその名を嫌がったので、「ランプ」と改名したのである。

妻は「だんだん重くても平気になってきたわ。お米の袋5キロだったら重いけれど、この子を抱っこしていると重くない。愛があるからなのかしらん」と、この主を抱いてかわいがっている。

ランプの前には、やはり野良猫だった「プーチン」を長く飼っていた。プーチンは京都から私が連れ帰った猫で、その名は種類がロシアンブルーだったのでロシアの大統領からいただいた。しかし、後にこれはコラットという種類だと分かった。

プーチンは娘が弁護士として京都から大阪の職場に通っていたとき、自宅のマンションから公園を通り、四条烏丸の駅まで歩く行き帰りに、毎日娘の後をついてき

わが家の愛猫 ブーチン（左）とランプ

た。娘は既に飼っていた、元捨て猫のミーチの友達になるだろうと思い、プーチンも飼い始めたが、２匹の猫の性格が合わなかったので、私が引き取ったのである。

最初は目つきが悪く、性格も荒々しかった。物干しパイプにつないでおいても力ずくで逃げてくるほどだった。しかし、2、3年たつとすっかり私に懐いて、よく言うことを聞くようになった。物を投げて「取ってこい」と言うと、犬のようにくわえて持ってくる。まるで犬のように振る舞い、人間の言葉を完全に理解している賢い猫だった。私にべったりトイレにまでついてくるほどで、夜は私の布団に入ってきて一緒に寝た。

プーチンは令和２（２０２０）年12月17日、息を引き取った。

おわりに

自分史を書きながら振り返ってみると、本当にいろいろなことをしてきたなあというのが、第一の感想である。今思うと、余計なことをし過ぎたという気もしてくる。私は「何をした人生か」と問われても、「弁護士」とか「作家」のような看板になるものや、第一に挙げるべきものが何も思いつかない。しかし、普通に過ごしていたら見られなかった世界に踏み込んでいくことで、人の知らないことを見たり経験したりすることができ、面白い人生であることは間違いないと思う。

これまで頭の中で整理がつかなかった物事が自分史にまとめることで整理ができ、また、忘れていたことをいろいろ思い出したのも収穫だった。自分史を作ったものの、私の人生はまだこの先、どんな面白いことが待ち構えているか分からない。

妻は料理が上手で、私が60歳の定年を迎えるまではきちんと食事を作ってくれた。退職してから妻に、「鵜飼家は長寿の家系だから、あなたの方が私より絶対に長生きする。私がいなくなったとき、あなたが料理もできなかったらきっと苦労するから、料理を覚えてください」と言われた。確かにその通りだと納得し、以来、自分の食事は自分で作ることにした。

妻の言うとおり、私の先祖は長生きが多くありがたいことだ。人が何年生きるかは、染色体の末端部にあるテロメアという構造の数によって分かるそうだ。普通は1年に1個減るが、ストレスの多い生活をすると速く減っていく。減らないようにするには、まずストレスをためないように、好きなように生きるのが良い。人とコミュニケーションを活発にし、異性と付き合うのも良いそうだ。

南米に長寿で注目されているビルカバンバという場所があり、そこの住民は80歳になっても恋愛をするという。私はその近くまで行ったことがあるが、まだ残念ながら行ったことがない。コロナ禍が終わったらぜひ、次の海外旅行の行き先はビルカバンバにしたい。

最後に、いつも私を支えてくれる私の事務所のスタッフ、家族、そして私の先祖に感謝したい。

附録

（本書登場順）

1 『滋賀県甲賀郡教育会　鹿深遺芳録』

鵜飼舎杖

舎杖名は実秀通称は良輔舎杖は其の号なり　本郡三大寺村（今北杣村に属す）の人、父を玄達と云い家世々医を業とす　少小にして京師に遊び業を摩島松南ら受く　舎杖顚悟にして材幹あり刻苦勉学数年　既に医術、文学倶に造詣する所あり　乃ち郷に帰りて刀圭を執る　名声嘖々遠近　治を乞ふもの門に絶らず最も力を精神病患者の治療に須ひたりと言う　舎杖常に以爲らく医は仁術なりと　病で貧しきもののあるを聞けば好んで之を施療する　終始一日の如く世傳へて其の徳を称せり　又水口藩儒中村栗園に交り閑あれば常に其門に詣り疑を質し教を請うを以て楽しみとなし　家屋読書臨模を絶たず故に作る所の詩文誦すべきもの少なからず　書最も長杖にして雅健晋唐の古風あり　著す所読訳文須知あり　世に行はる晩年余技俳諧を好み頗る其妙所に達せり

舎杖珍蔵する所の書幅あり　松南の筆に係る壁間之を懸る毎に端坐香を焼て虔誠の意を致せり嘗て人に語りて曰く　此は之れ先師手澤の存する所なりと　以

て其人となりて謹懿篤厚なるの一端を想うべきなり　明治十六年八月二十一日病で没す　享年八十七　其訃を聞くもの識ると識らざるに論なく咸な之を惜まざることなかりきと言う

鶴令千年亀万年杯中佳越酔中仙舎家々式他家異謹讀春正王

明治四十年六月十日発行

滋賀県甲賀郡教育会「鹿深遺芳録」Ｐ二〇四～二〇五より抜粋

2　施設一覧表

法人名	事業名	施設名	場　所	定員	従業員数
NPO法人　あけぼの会	就労継続支援B型事業所	第１サンライズ	〒500-8335 岐阜市三歳町4-1-14	20	6
		第２サンライズ	〒501-3134 岐阜市芥見1-266	20	2
		第３サンライズ	〒501-1136 岐阜市黒野南1-137	20	3
		トロイメライ	〒500-8335 岐阜市三歳町4-1-14	不定	4
	共同生活援助施設（グループホーム）	志げ野苑	〒500-8335 岐阜市三歳町4-1-14	7	12（各ローテーション）
		ホームラミー	〒501-3134 岐阜市芥見1-266	5	
		貴生川苑	〒500-8221 岐阜市天池2-9-3	5	
		黒野苑	〒501-1136 岐阜市黒野南1-137	4	
		そま川苑	〒500-8335 岐阜市三歳町4-1-12	7	
（株）恵水会	就労継続支援A型事業所	第１博天堂	〒500-8287 岐阜市北鶉4-56	20	9
		第２博天堂	〒500-8335 岐阜市三歳町4-1-14	20	3
		ティグル　ラパン	〒500-8287 岐阜市北鶉4-56	不定	11
一般社団 恵水会	障害者相談支援事業所	恵水相談支援事業所	〒500-8851 岐阜市大宝町1-5	100	4
	受託委託事業	本部	〒500-8851 岐阜市大宝町1-5		3
UIC	総合企画		〒500-8851 岐阜市大宝町1-5		3

3　海外旅行先

西暦	年号	日付	行き先
1974	昭和19	1.19〜	香港・シンガポール・タイ
1984	59	4.18〜	タイ（バンコク）
1985	60	5.6〜	イギリス・フランス・スイス
1987	62	1.28〜	台湾
		5.2〜	アメリカ・ベルギー・イタリア・フランス
1988	63	10.31	アメリカ・カナダ【研修】
1990	平成2	8.7〜	シンガポール
		11.6〜	韓国
1993	5	4.28〜	ドイツ・フランス・韓国
1995	7	1.12〜	スペイン
1996	8	1.22〜	スペイン
1997	9	1.13〜	香港・中国
		6.4〜	トルコ
1998	10	1.7〜	フランス
		12.12〜	ドイツ・チェコ・オーストリア・スロバキア・ハンガリー
1999	11	1.27〜	イタリア
		10.15〜	中国【友好20周年記念式典】
2001	13	1.17〜	ノルウエー・スウェーデン・デンマーク
		10.28〜	中国（西安・敦煌）
2003	15	2.23〜	ベトナム
2004	16	7.12〜	ギリシャ・フランス
2005	17	7.25〜	中国
		9.24〜	ブルガリア
2006	18	7.24〜	スリランカ
		10.15〜	中国（南昌・景徳鎮）
2007	17	3月	インド（ユネスコ）
		10.21〜	イタリア（シシリー島）
2008	18	2.17〜	中国（兄弟会 南京・上海）
		7.26〜	スリランカ
		11.3〜	中国（西安・上海・廬山）
2009	19	6.12〜	中国（北京・大連・旅順）

		7. 25～	スリランカ
		8. 10～	ベトナム
		9. 29～	中国（北京・大連・旅順）
2010	20	4～	カンボジア・ベトナム
		5. 12～	エジプト
		9. 19～	フランス
		11. 11～	ドバイ
2011	23	4. 14～	台湾
		4. 29～	ペルー・チリー
		5. 25～	中国
		9. 17～	ロシア
2012	24	2. 21～	ブラジル・アルゼンチン
		4. 10～	イギリス
		7. 11～	スペイン・ポルトガル
		10. 5～	イラン
		10. 24～	インドネシア
2013	25	5. 1～	ブータン
		6. 2～	スリランカ
		9. 9～	地中海。エーゲ海・アドリア海・チレニア海・イオニア海 【クイーンエリザベス号クルーズ】
		11. 5～	中国
2013	26	2. 9～	ミャンマー・シンガポール
		6～	クロアチア・スロベニア・ボスニアヘルツェゴビナ
		7. 12～	メキシコ
2015	27	9. 14～	キューバー・メキシコ
		10. 6～	フィンランド・ポーランド・エストニアア・ラトビア・ リトアニア
		11	マレーシア
2016	28	3. 14～	太平洋。オーストラリア・ニュージランド 【ダイアモンドプリンス号クルージング】
		9. 28～	マルタ

		11.16～	アメリカ・バハマ・ハイチ・ジャマイカ・パナマ・ベリーズ・コスタリカ・ドミナカ・ニカラグア・ケイマン諸島【コーラル・プリンセス号カリブカイクルージング】
2017	29	5.18～	中国
		9.1～	中国
		12.9～	ハワイ４島【アメリカンスプリッツ号クルージング】
2018	30	3.4～	カンボジア
		4.9～	スリランカ
		11.5～	中国
2019	31	3.15～	ミャンマー・シンガポール
		6.13～	スイス

4　ロータリークラブ会報に掲載された私の短歌

アザーン止みまだ暗き街アスワンのナイル川辺に鳥の声する

・エジプト旅行の歌だが、耳でとらえたエジプトをうたっている点に注目した。目でみた情景をうたった旅行詠はたくさんあるが、音声だけのというのは少ない。「アザーン」は、イスラム教における礼拝への呼び掛けのことで、キリスト教の教会の鐘のようなものだという。そのアザーンが終わった後に聞こえた鳥の声。なつかしいような余韻が、とてもいい。

佐佐木幸綱選評
２０１０年10月号

アスワンの川辺のホテルにアザーン聞く古希過ぎしわれ姉と並びて

※アザーン…コーランを読む声

佐佐木幸綱選
２０１０年12月号

海上にパームツリーの島できて住む人の無き街の寂しさ

・喜寿の兄を連れて、ドバイ旅行に行ったときの歌が三首投稿されてきた中の一首。ドバイは莫大なオイルマネーを使って、巨大な人工の島を幾つもつくった。その中に、パーム・アイランドというパームツリー（椰子の木）をかたどった島がある。ここはそれ。最終的にはたくさんのホテルができ、千戸以上の別荘が建設されるらしいが、このときはまだ無人だったのだろう。

佐佐木幸綱選評
２０１１年４月号

目に見えぬ悪魔の火燃える原子炉に立ち向う人子も妻もある

・フクシマは一日のうちに世界語になった。どの国もが産業や生活の発展向上を求めて原発の力を活用している矢先の事故である。福島原発では世界が注目する危険からの脱出を求めての作業が続いている。それはまさに命がけの今日の戦士たちの手が必要だが、この歌では、その作業員たちの妻子に思いを馳せている。夫の意志と妻の思いは必ずしも一つではないのであろう。危険な現場を踏んでいる人と、その家族への切ない思いが伝わる。

馬場あき子選評
２０１１年７月号

クスコより山間険路を七時間着きたるプーノは灯暗き街

馬場あき子選
２０１１年９月号

眼下より雲立ちのぼるマチュピチュに吾古希にしてやっと立ちたり

馬場あき子選
２０１１年11月号

剃刀の刃の隙もなきマチュピチュの石積み汗の手で撫でていく

馬場あき子選
２０１２年１月号

8の字を翅につれたるイグアスの蝶に見とれて疲れ忘るる

馬場あき子選
２０１２年７月号

七十五の姉とブータンを訪れて小粒イチゴ食(は)むホテルの朝食

佐佐木幸綱選
２０１３年10月号

ブータンの谷間にできたパロ空港尾翼に光る龍の国章

佐佐木幸綱選
２０１３年12月号

二十年ぶりタキシード着て船旅の妻の手を引き船長と会う

佐佐木幸綱選
２０１４年２月号

摩天楼と緑あふれるこの都市はマーライオンがゲストを歓迎

佐佐木幸綱選
２０１４年６月号

巳の刻に近所の老女集い来てお値打ち喫茶で井戸端会議

※巳の刻…午前10時

馬場あき子選
2014年7月号

ザグレブの青き市電の乗客は皆お洒落して日曜の朝

馬場あき子選
2014年11月号

キリストもブッダもともに愛の道旅から生まれる信頼の絆

馬場あき子選
2015年3月号

薬師寺の林に鳴けるショウビタキわれに気付きて番(つが)いで飛べり

佐佐木幸綱選
2015年4月号

バスで行く巡礼は楽と思いしが階段厳しく歳を自覚す

馬場あき子選
２０１５年５月号

イスラムのテロが怖いと海外をやめて家内と四国巡礼

佐佐木幸綱選
２０１５年６月号

十善戒唱えるごとに顔浮かぶ妻と二人の四国遍路

馬場あき子選
２０１５年７月号

持ち寄りし墓参の品を兄弟姉妹が八つに分けてまた来年と

馬場あき子選
２０１５年11月号

カウナスの小さき家でユダヤ人を助けし千畝のデスクに掛ける

バルト三国の一つ、リトアニアを旅行した折の旅行詠です。リトアニアのカウナスにある杉原記念館は、第二次世界大戦中にユダヤ人を助けるために「命のビザ」を発給した外交官杉原千畝がいた元日本領事館を、記念館として一般公開しています。当時のデスクに掛けて、現場ならではの感慨をうたっています。地名そして千畝の名前を具体的に一首に出して、作品の輪郭を鮮明にしています。

佐佐木幸綱選評
2016年4月号

あと三年傘寿にまでは八十か国訪問をせんとあとは八か所

馬場あき子選
2016年5月号

ワイトモの鍾乳洞の地下の川天井に居るツチボタル光る

佐佐木幸綱選
2016年6月号

トゥルッロの町並み描く一団は日本のシニア、遥々(はるばる)ここに

・世界遺産にもなっているイタリア南部のアルベロベッロの町には、石造りのとんがり屋根の家々が並んでいるところがあります。「トゥルッロの町並み」です。一首のモデルは、日本人のスケッチを趣味とする方たちのツアー旅行でしょうか。作者も参加者の一人だったのでしょう。下句「・・・・・・日本のシニア、遥々ここに」、が楽しい場面をユーモラスに描き出しています。

佐佐木幸綱選評
2016年10月号

日本兵のマルタ島で散った慰霊碑を英軍基地内に我ら慰問す

馬場あき子選
2017年1月号

留学生出世したよと年賀来る結婚出産幸せ便り

佐佐木幸綱選
2017年4月号

コンサイスの赤いカバーはチョコの紙ハートのシールに妻の名いまも

馬場あき子選
2017年5月号

ロータリーの観桜例会バス旅行花より紅顔酒が回りて

馬場あき子選
2017年7月号

隋の世の巨大地下庫が発見され八十五歳の兄と視察す

馬場あき子選
2017年9月号

唯一の被爆国なり核禁止賛成出来ない日本は寂し

馬場あき子選
2017年11月号

波の音飛行機の音小鳥の声マイアミの朝は平和の賑わい

馬場あき子選
２０１８年３月号

目をむいた鯛の粗煮で一人めし猫は鍋見る外(と)は雪景色

・一読たのしくなった歌。外は雪でも三月はそろそろ桜鯛の季節。「粗煮で一人めし」も男っぽい粗さがあってよく、猫がいる光景もいい。猫は粗煮の鍋に近づきたく、主人公はその鍋をつつきながら外の雪景色を楽しみ、そして当然一杯やっている姿が目に浮かぶ。粗煮の実感も「目をむいた」の一句が利いていて状態もおいしそうだ。雪中ながら場面はもうすっかり春気分である。

馬場あき子選評
２０１８年５月号

耕運機に乗りて原野を一時間友の買いたる夢の土地見る

佐佐木幸綱選
２０１８年６月号

スリランカの湖黄金（こがね）に輝きて象の親子が影長く行く

・スリランカの象ではピンナワラの象の孤児園が有名だが、ここにうたわれた湖はシーギリヤ湖という注がついている。もともとスリランカは野生の象の宝庫といわれていた。もちろん今も野生の象が大集合することもあるという。この歌では夕映えの時刻に黄金に輝く湖のほとりを、小さな象を連れた母象がゆったりと影を引いて歩いてゆく光景。野生の象ならではのおおらかな生命の美しさが感じられる。

馬場あき子選評
2018年7月号

ザンビアの入国管理の事務所横ヒヒとツチブタ我らを歓迎

佐佐木幸綱選
2018年10月号

大雨に長良濁れば鮎隠れ鵜舟の客は宿にこもれり

佐佐木幸綱選
2018年12月

医大生の息子毎朝訪れる癌オペ済みし母の個室に

馬場あき子選
２０１９年１月号

お通夜はＱＥクルーズした四人命も運も恵まれ集う

※ＱＥ…クイーンエリザベス号

馬場あき子選
２０１９年５月号

電線の地中化のためイチョウ切るその木の悲鳴かチェンソーの音

・電線の地中化は広がりつつある。街路樹として長年道路を飾っていた木が工事のため伐り倒される。時代の要望ではあるが、馴染んだ樹木の生命が断たれることへの悲しみがある。ここでは植物名としてイチョウの表記を用いているが、一首の中にチェンソーも入るので漢字でもよかったかな、と思う。もちろん主題は、チェンソーの響に樹木の悲鳴を聞く哀惜の思いである。

馬場あき子選評
２０１９年７月号

Ｎｏジャパン不買運動する国の映像全て日本のカメラ

馬場あき子選
２０１９年11月号

友の呉れしごろりと大きな百目柿皮むき干して正月を待つ

馬場あき子選
２０２０年３月号

長良川の桜満開中国の友よりマスク１０００枚届く

・長良川は鵜飼で有名だが、春は爛漫(らんまん)と桜が咲き匂う。しかしそこも新型コロナウィルスは避けてはくれまい。そしてまた、コロナ予防のマスクはここにも不足がみられるのだ。マスクがこんなにも人々の意識を占めた時代があっただろうか。そこに或(あ)る日、１０００枚ものマスクが中国の友人から届けられたのだ。友好団体か個人かはともかく、１０００枚という表記も喜びを伝える力をみせた。政治も国境も超えた人間どうしの友情は感動深い。

馬場あき子選評
２０２０年７月号

中国の友から届くサージカルマスクは繋ぐ友情の絆

佐佐木幸綱選
２０２０年８月号

会う人は皆腹話術のよう表情もマスクの内の声音でさとる

馬場あき子選
２０２０年９月号

もう歳と引退せよと友が言う切れぬ鋏も使えば光る

佐佐木幸綱選
２０２０年10月号

無言館戦場に消えた画学生の残した人物画（タブロー）に蝉の声沁み入る

・無言館は長野県上田市にある戦没画学生たちの遺作を展示する美術館。静かな環境の中で作品に見入っていると、その人物画となった人への思いまで想像がゆくし、未完成の筆のあとの無念も偲ばれる。作者が訪問したのは折しも夏。蝉の声が沁み入るように、心にも沁み入る思いであったであろう。結局二字余っているが、「沁む」では伝えきれない心情があったのだ。芭蕉の「閑さや岩にしみ入る蝉の声」を心に置いての作。

馬場あき子選評
２０２０年11月号

里芋の大きな葉っぱの空中湖糸トンボきて水飲み憩う

・楽しいメルヘンの一場面のような歌だ。絵画的で目に見える。大きな里芋の葉っぱのまん中にできた湖は雨滴だろうか。大地からはかなり高くにあるのを空中湖と名づけているのもポエティック。登場するのが大きなものではなく糸トンボであるのも、ちょうど釣合だ。実景から少し空想を働かせてこうした童話風な世界を作り上げてみるのも楽しい。ここでは空中湖と糸トンボの出会いがよかった。

馬場あき子選評評
２０２１年１月号

金木犀匂いに誘われ行く先は廃屋となる懐かしき家

馬場あき子選
２０２１年３月号

5 家系図

藤原 鎌足 ― 淡海公 不比等 ― 淡海第四子 武智麿 ― 魚名 ― 伊勢守 藤成 ― 備後守 豊澤 ― 長門守 村雄

― 藤太 秀郷 ― 太郎結城小山祖 千常 ― 千時 ― 千清 ― 頼清 ― 頼俊 ― 秀俊

― 惟俊 ― 肥前守 惟秀 ※ ― 又五郎 實綱 ― 隼人 綱重 ― 新蔵人 實元 ― 弥十郎 實定 ― 九郎次郎 實光

― 左近進 實平 ― 監物 實清 ― 万太郎 實末 ― 新左衛門 實喜 ― 備後守 實文 ― 主膳正 實俊 ― 弥藤太 實時

― 蔵人 實信 ― 孫六郎 實行 ― 周防守 實重 ― 孫次郎 道範 ― 新左衛門 實之 ― 安左衛門 實勝 ― 勝元 實方

― 勝山 實苞 ― 勝哲 實種 ― 英亮 實哀 ― 原達 實發 ― 良輔 實秀 ― 雄臣 實堅 ― 孝之助 實好
　　　　　　　　　　　　　　　　　　　　　　　　　　　　　　　　　　― 久太郎 實頴

※有故領三大寺村千石餘則有小城鶏飼之祖姓藤原

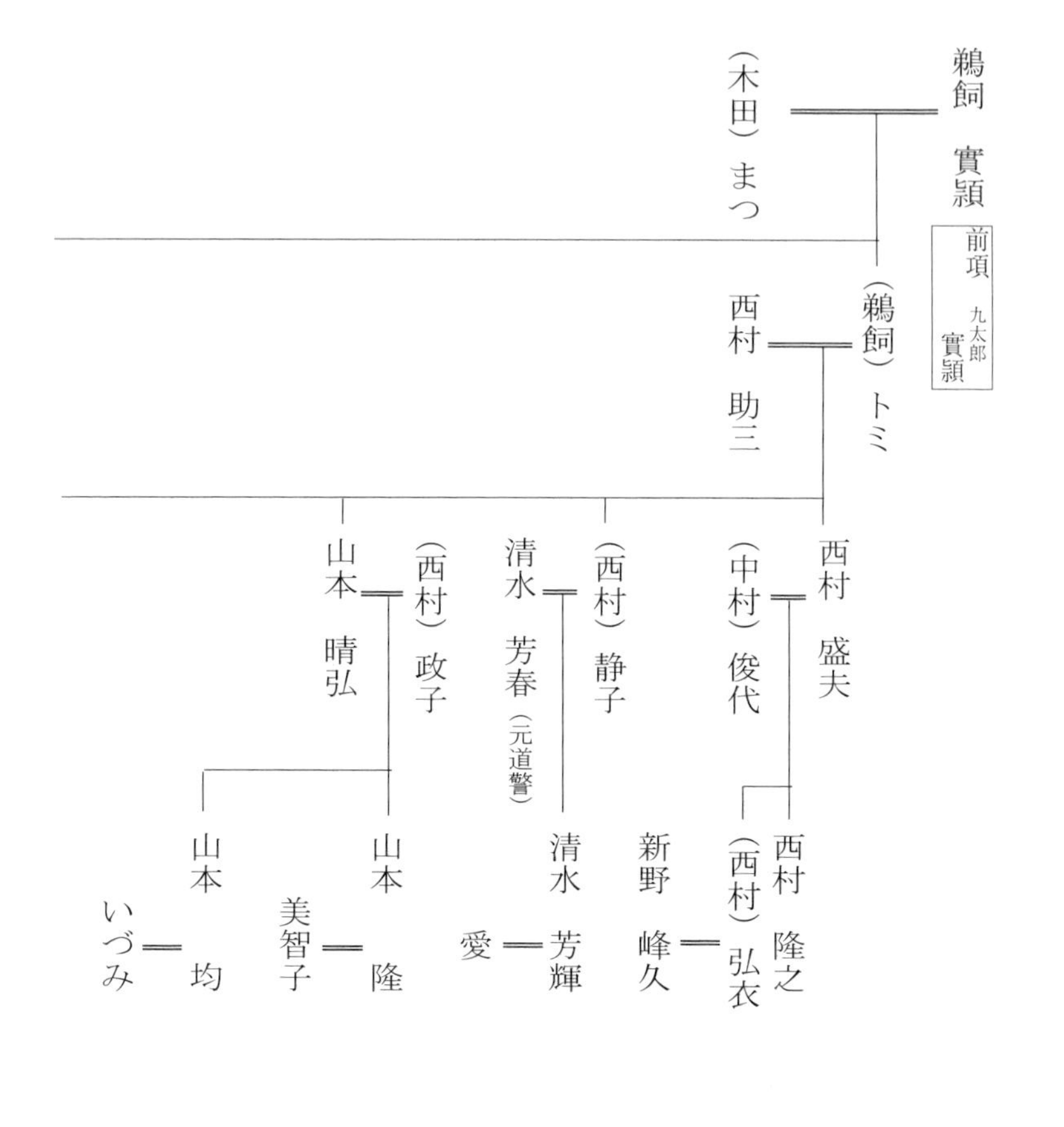

鵜飼　實頴
前項　九太郎 實頴
（木田）まつ
（鵜飼）トミ
西村　助三
西村　盛夫
（中村）俊代
（西村）静子
清水　芳春（元道警）
（西村）政子
山本　晴弘
西村　隆之
（西村）弘衣
新野　峰久
清水　芳輝
愛
山本　隆
美智子
山本　均
いづみ

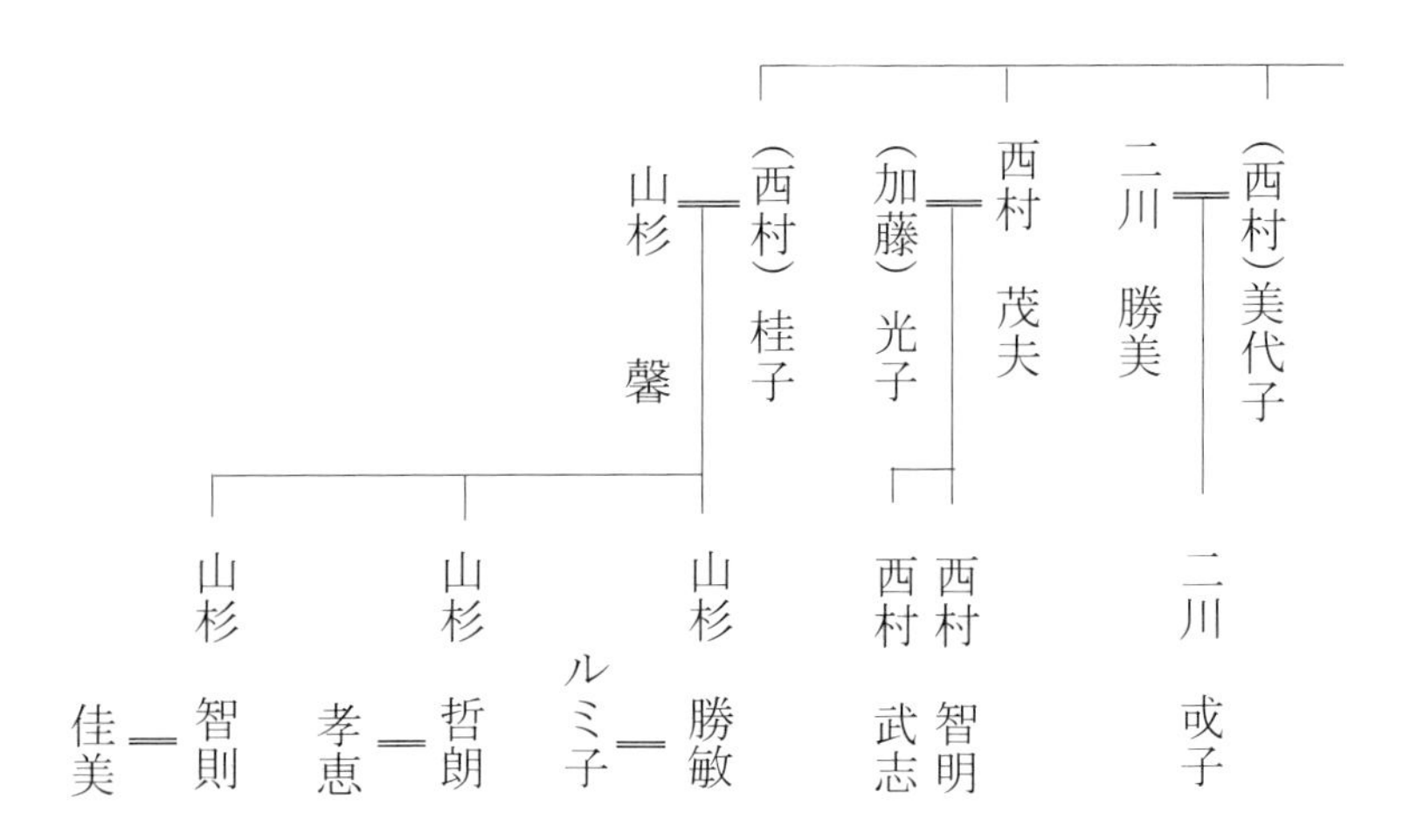

(西村)美代子
二川　勝美
二川　彧子
西村　茂夫
(加藤)光子
西村　智明
西村　武志
(西村)桂子
山杉　馨
山杉　勝敏
ルミ子
山杉　哲朗
孝恵
山杉　智則
佳美

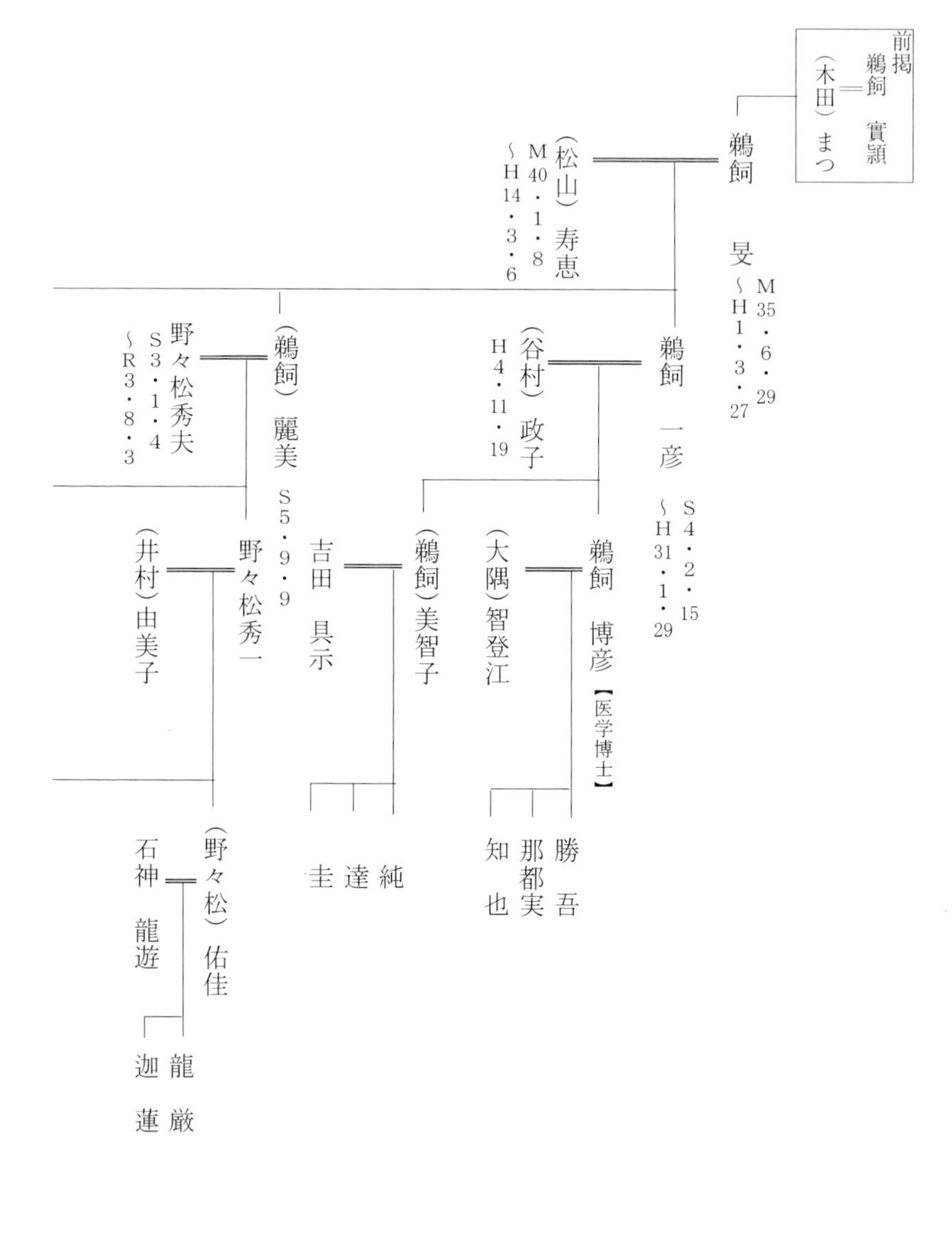

前掲
鵜飼　實頴
（木田）まつ
鵜飼　旻
M35・6・29〜H1・3・27
（松山）寿恵
M40・1・8〜H14・3・6
鵜飼　一彦
S4・2・15〜H31・1・29
（谷村）政子
H4・11・19
（鵜飼）麗美
S5・9・9
野々松秀夫
S3・1・4〜R3・8・3
鵜飼　博彦
【医学博士】
（大隅）智登江
勝吾
那都実
知也
（鵜飼）美智子
吉田　具示
純
達
圭
野々松秀一
（井村）由美子
（野々松）佑佳
石神　龍遊
龍厳
迦蓮

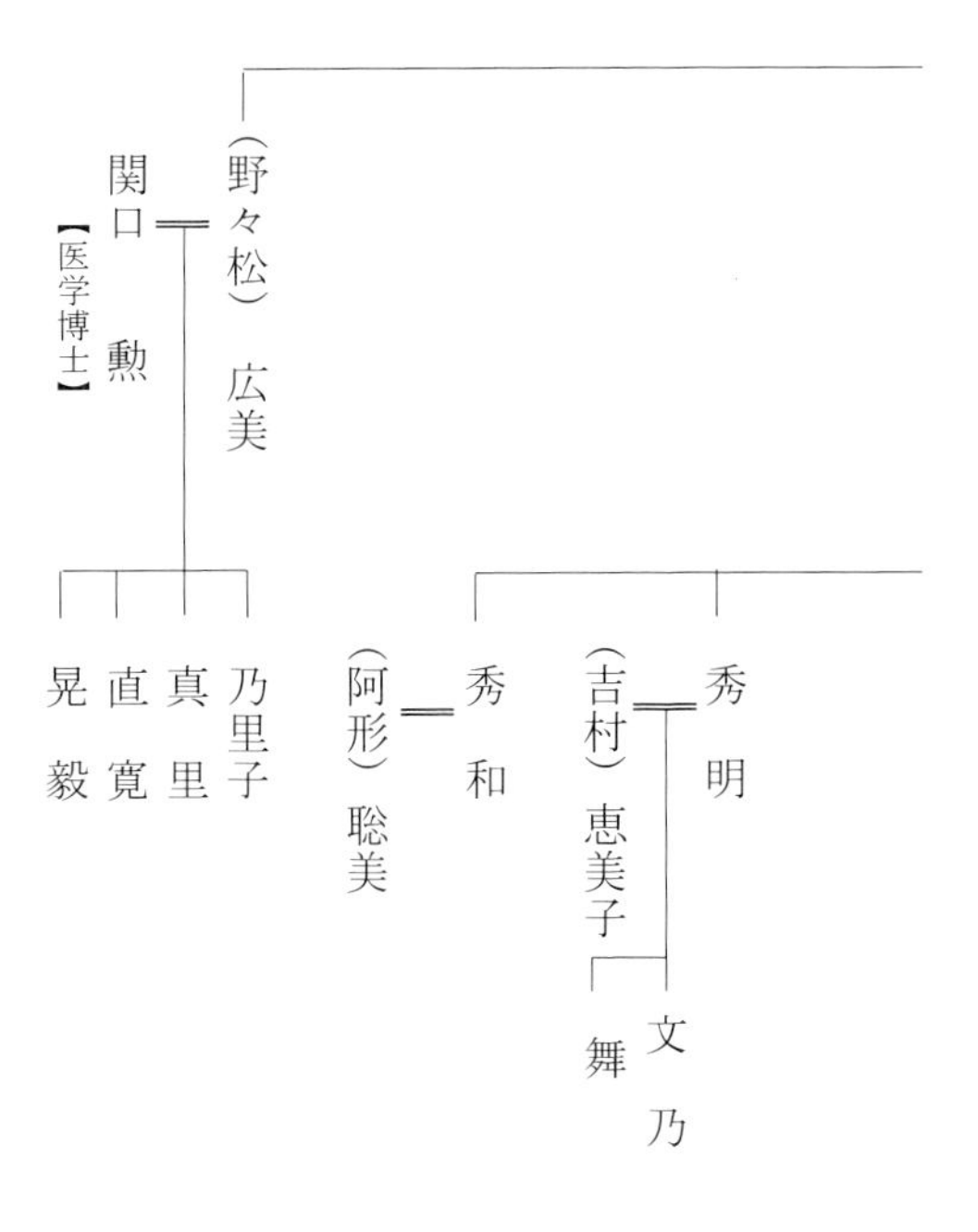

秀明
（吉村）恵美子
文乃
舞
秀和
（阿形）聡美
（野々松）広美
関口勲
【医学博士】
乃里子
真里
直寛
晃毅

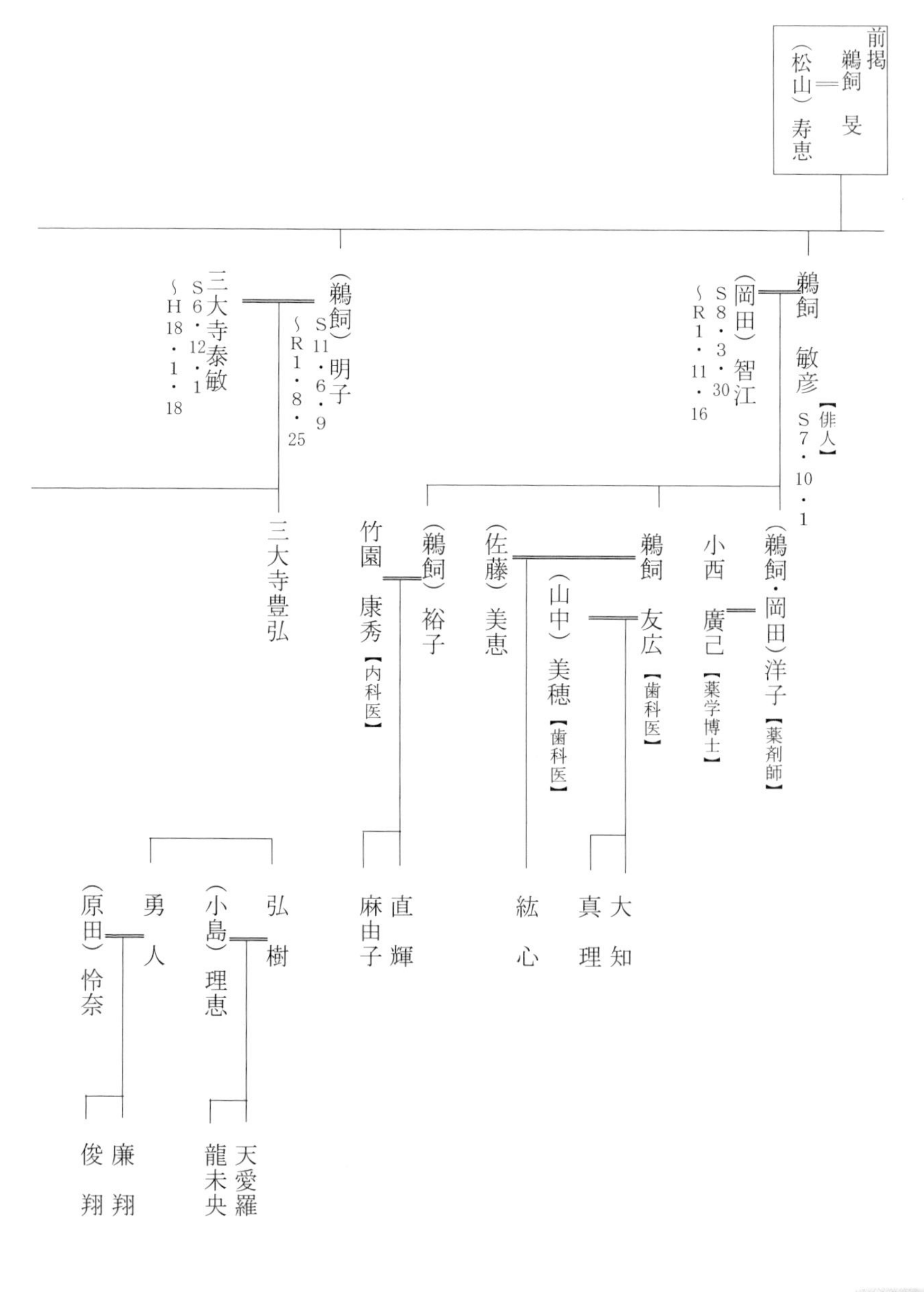
前掲
鵜飼　旻
（松山）寿恵
鵜飼　敏彦【俳人】S7・10・1
（岡田）智江 S8・3・30～R1・11・16
（鵜飼）明子 S11・6・9～R1・8・25
三大寺泰敏 S6・12・1～H18・1・18
（鵜飼・岡田）洋子【薬剤師】
小西　廣己【薬学博士】
鵜飼　友広【歯科医】
（山中）美穂【歯科医】
（佐藤）美恵
（鵜飼）裕子
竹園　康秀【内科医】
三大寺豊弘
大知
真理
紘心
直輝
麻由子
弘樹
（小島）理恵
勇人
（原田）怜奈
天愛羅
龍未央
廉翔
俊翔

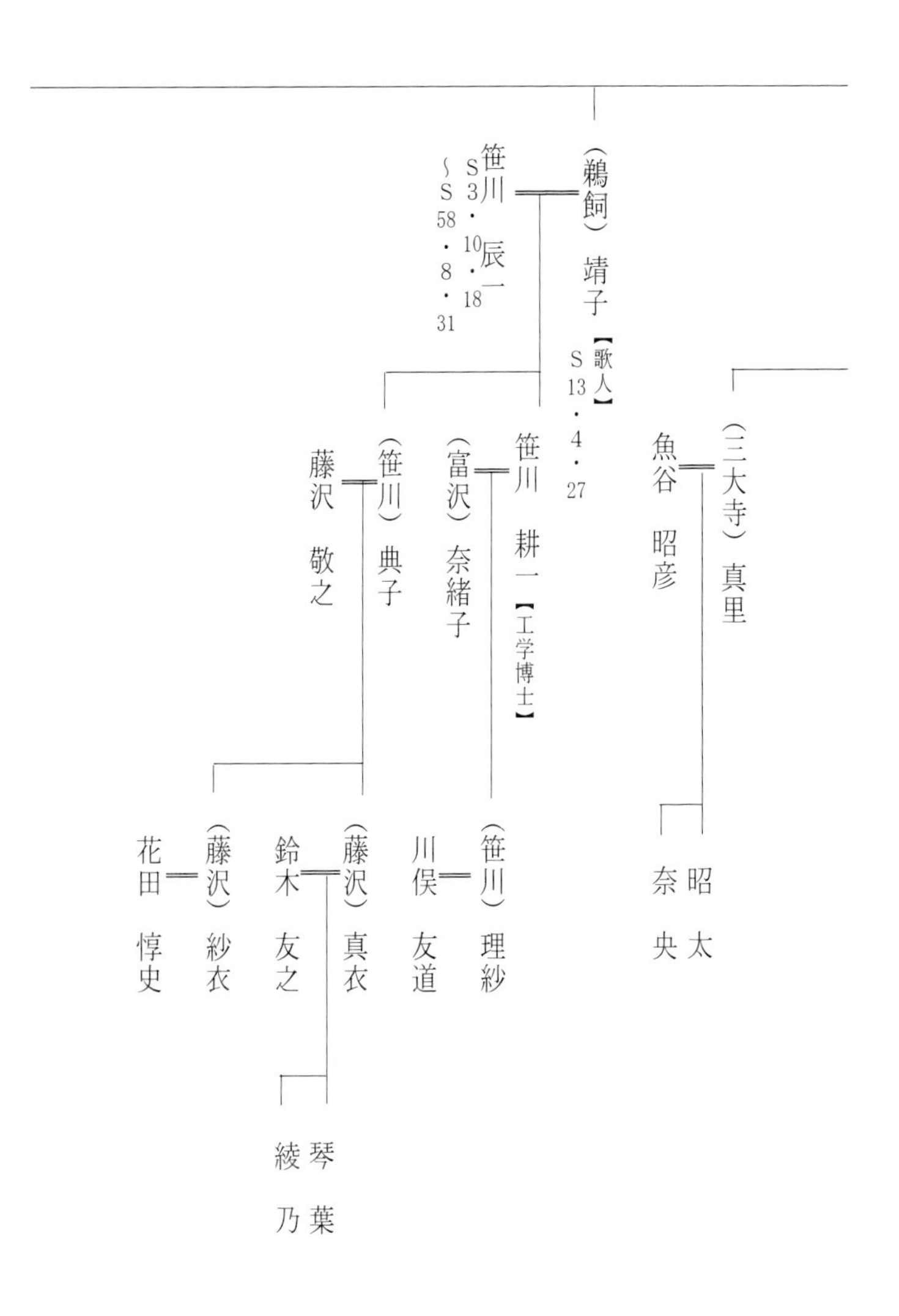

笹川辰一
S3・10・18〜S58・8・31
（鵜飼）靖子【歌人】
S13・4・27
（三大寺）真里
魚谷昭彦
笹川耕一【工学博士】
（富沢）奈緒子
（笹川）典子
藤沢敬之
昭太
奈央
（笹川）理紗
川俣友道
（藤沢）真衣
鈴木友之
（藤沢）紗衣
花田惇史
琴葉
綾乃

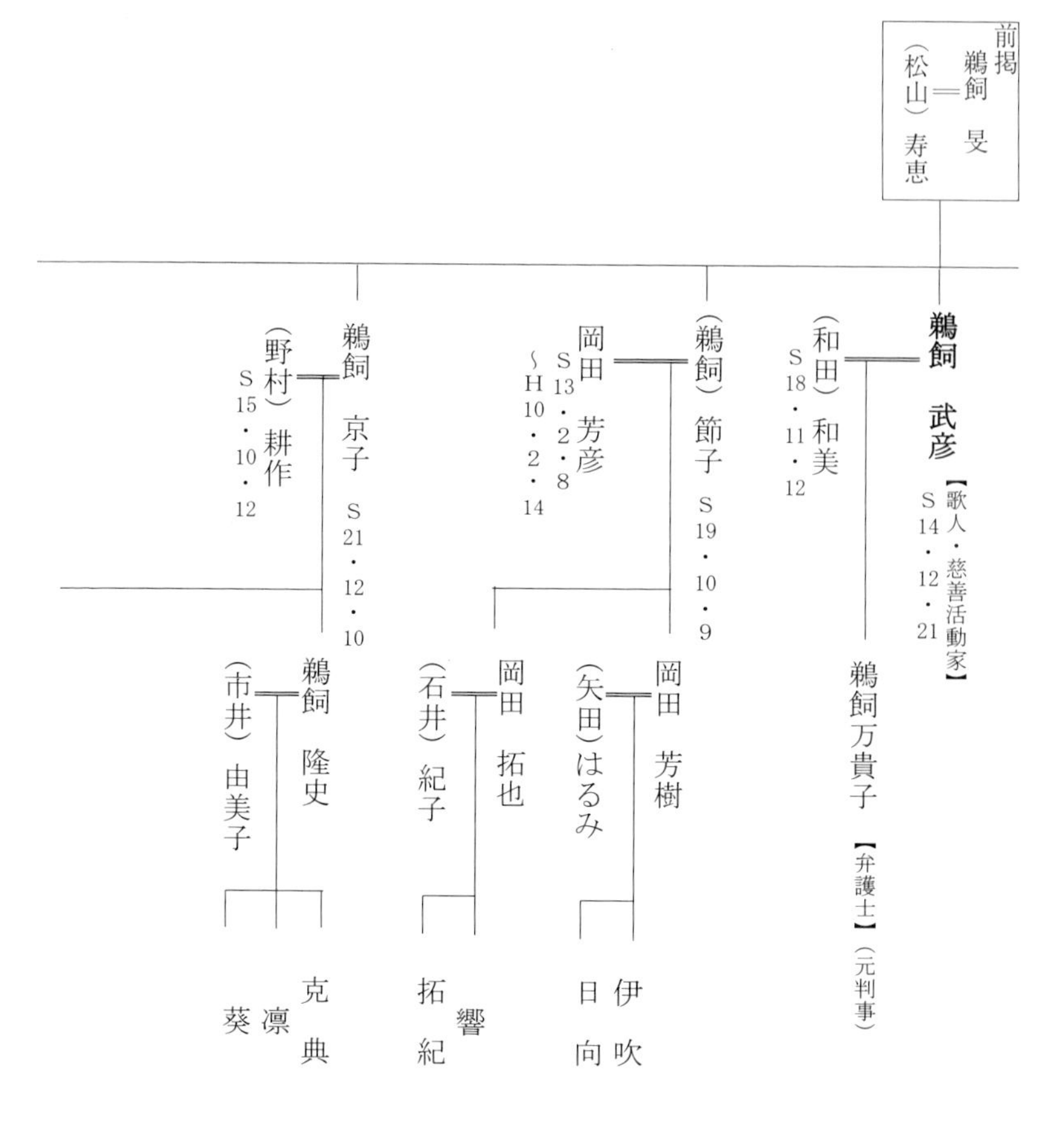
前掲
鵜飼 昱
（松山）寿恵
鵜飼 武彦
【歌人・慈善活動家】
S14・12・21
（和田）和美
S18・11・12
鵜飼万貴子
【弁護士】（元判事）
（鵜飼）節子
S19・10・9
岡田 芳彦
S13・2・8～H10・2・14
岡田 芳樹
（矢田）はるみ
伊吹
日向
岡田 拓也
（石井）紀子
響
拓紀
鵜飼 京子
S21・12・10
（野村）耕作
S15・10・12
鵜飼 隆史
（市井）由美子
克典
凛
葵

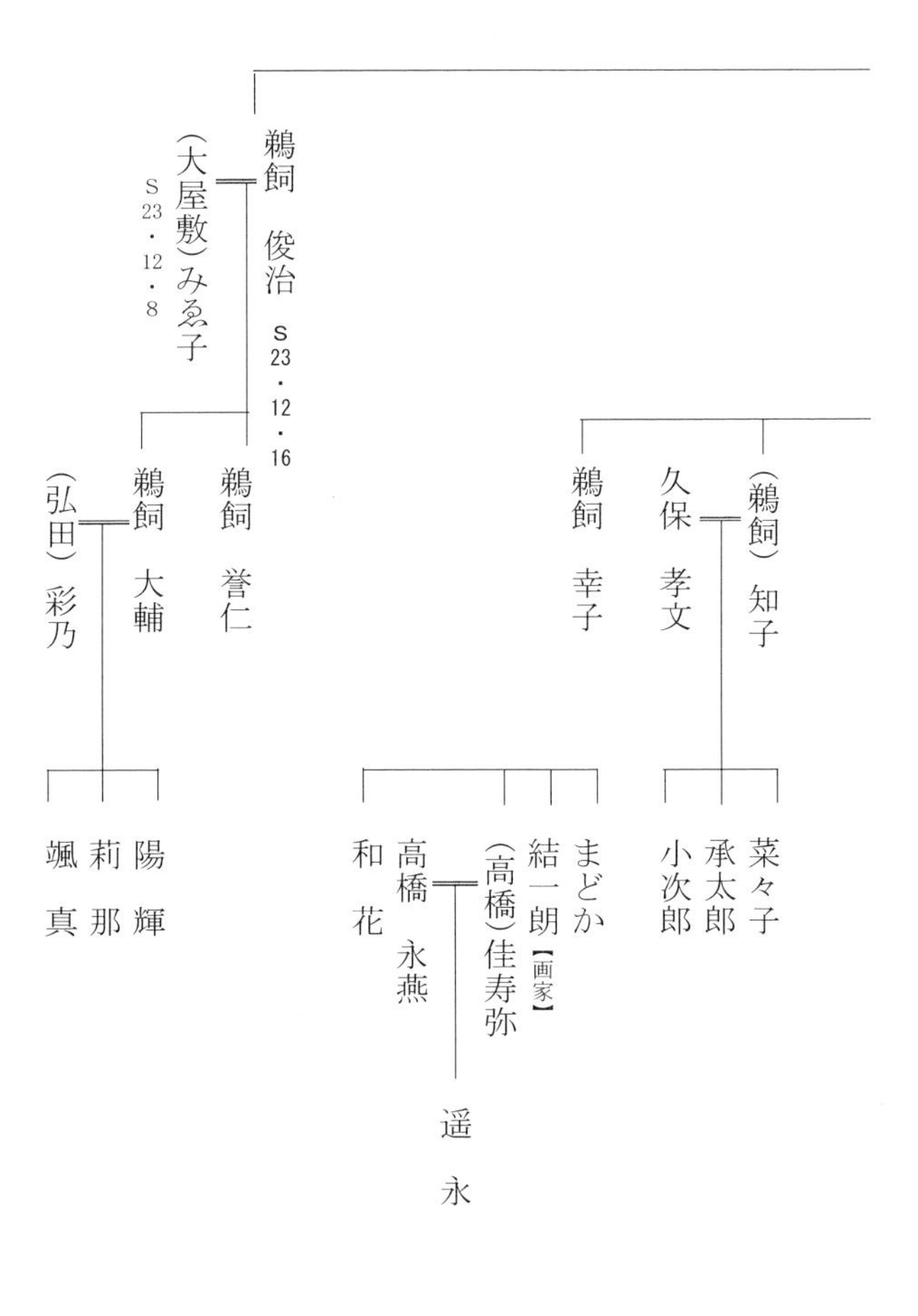
(鵜飼)知子
久保 孝文
菜々子
承太郎
小次郎
鵜飼 幸子
まどか
結一朗【画家】
(高橋)佳寿弥
高橋 永燕
和花
遥
永
鵜飼 俊治 S23・12・16
(大屋敷)みゑ子 S23・12・8
鵜飼 誉仁
鵜飼 大輔
(弘田)彩乃
陽輝
莉那
颯真

6 年譜

西暦	年号	日付	年齢	出来事
1939	昭和14	12月21日		滋賀県甲賀市水口町三大寺に生まれる
1946	21	4月1日	6歳	貴生川町立国民学校入学
1947	22	4月1日	7	貴生川町立貴生川小学校に改称
1947～1950				農地改革による農地買収、譲渡が行われる
1952	27	4月1日	12	貴生川町立貴生川中学校入学
1955	30	4月1日	15	滋賀県立膳所高等学校入学
1958	33	3月31日	18	滋賀県立膳所高等学校卒業
		4月1日	18	高島屋入社
1959	34	4月21日	19	皇太子ご成婚
1965	40	3月31日	25	関西大学卒業
1968	43	11月21日	28	結婚　妻・和美
1969	44	3月20日	29	長女・万貴子誕生
1970	45	3月15日～9月13日	30	大阪万博開催

1973	48	5月19日	33	高島屋岡山店開業、岡山に転勤 家を建てる
1977	52	9月23日	37	高島屋岐阜店開業
1979	54	2月21日	39	岐阜市・杭州市友好都市提携締結
1980	55	9月1日	40	高島屋岐阜店に転勤
1988	63		48	高島屋ローズレディスマラソン開催
		6月21日		岐阜県・江西省友好提携締結
		7月8日〜9月18日		ぎふ中部未来博覧会開催 岡本太郎作「未来を拓く塔」設置
				アメリカ・ニューヨーク研修
1989	平成元	3月27日	49	父・鵜飼旻死去
		11月21日		母の歌集『杣川ざくら』出版
1993	5		53	淡路五色リゾートカントリー倶楽部開場
1996	8	1月7日	56	岡本太郎死去
1997	9	3月8日	57	池田満寿夫死去
1999	11		59	岐阜市・杭州市友好都市提携20周年記念
2000	12	3月15日	59	ジェイアール名古屋高島屋開店

年		月日	年齢	事項
		3月31日	60	高島屋定年退職
		4月		株式会社ユニマット顧問就任 岐阜県NPOセンター長就任 岐阜加納ロータリークラブ入会
2001	13	1月	61	岐阜市長選挙出馬、落選
		4月1日		岐阜大学大学院地域科学部第1期生入学
2002	14			精神障がい者家族の会あけぼの会顧問
		3月6日	62	母・鵜飼寿恵死去
		6月12日		NPO法人健康倶楽部緑の会認証
2004	16	8月12日	64	あけぼの会の施設運営引き継ぎ
2006	18	2月	66	大宝町にあけぼの会本部
		3月31日		岐阜大学大学院地域科学部修了 修士号（地域科学）取得
		4月		NPO法人あけぼの会認証
2007	19	7月	67	グループホーム「ホームラミー」が自立支援法の共同生活援助事業に移行 障害者自立支援法に基づき、岐阜市精神障害者小規模通所援助事業所となる

		10月		「第2あけぼの苑」を清本町から三歳町に移転
		10月13日		岐阜シティー・タワー43オープン
2008	20	12月		三歳町にグループホーム「志げ野苑」を併設
2009	21	1月	69	自立支援法適用の就労継続B型施設への移行に伴い、「あけぼの苑」各施設を「サンライズ」と改名
		8月		三歳町「第1サンライズ」に喫茶訓練所
				「トロイメライ」をオープン
		12月8日		「開運！なんでも鑑定団」放映
2011	23	7月	71	「第3サンライズ」を折立から岐阜市黒野南に移転
				施設利用者用アパート「黒野苑」を併設
		12月21日	72	『岡本太郎と未来を拓く』出版
2017	29	6月	77	天池にグループホーム「貴生川苑」を開所
2019	31	1月29日	79	『甲賀忍者考ー鵜飼家関係文書を紐解く』出版

鵜飼武彦

1939 年、滋賀県甲賀郡水口町（現甲賀市水口町）生まれ。
岐阜市在住。

鹿深（かふか）の風

忍者の里 甲賀生まれの男の人生

発　行　日　2022 年 2 月 5 日
著　　　者　鵜飼 武彦
企　　　画　有限会社 ユー・アイ・シー
編集・制作　岐阜新聞情報センター出版室
〒 500-8822
岐阜市今沢町 12　岐阜新聞社別館 4 F
TEL 058-264-1620（出版室直通）
印　　　刷　ニホン美術印刷株式会社

ISBN978-4-87797-304-9　C0023